妾屋の四季

目次

世継ぎなきはお家断絶。
苛烈な幕法の存在は、
「妾屋」という
裏稼業を生んだ。

だが、後継問題には
権力闘争がつきまとう。
ゆえに妾屋は、
命の危機にさらされる。

【主要登場人物】

山城屋昼兵衛　大名旗本や豪商などに妾を斡旋する「山城屋」の主。

大月新左衛門　昼兵衛が目をかけている元伊達藩士。タイ捨流の遣い手。

菊川八重　仙台藩主伊達斉村の元側室。

山形将左　昼兵衛旧知の浪人。大店の用心棒や妾番などをして生計を立てている。

海老蔵　江戸での出来事や怪しい評判などを刷って売る読売屋。

和津　吉野家の飛脚。武術の心得あり。

第一章　秋の章

秋は妾屋《めかけや》が繁盛する季節であった。

理由は簡単、秋には年貢を納めなければならないからだ。

年貢は藩によって違うとはいえ、安くて稔りの半分、重ければ六割持っていかれる。しかも年貢は検地による算定額であり、豊作、不作に関係なく、領主が決めただけ払わなければならないのだ。

少しでも稔りが悪ければ、たちまち年貢の支払いに窮迫する。なにせ、収入は減っても支出は変わらない。

よほどの凶作ともなれば多少の気遣《きづか》いはしてもらえるが、免除にはならなかった。当たり前である。年貢を取らなければ、武士が喰《く》えなくなる。

もともと百姓は生かさず殺さずといった徳川家康《とくがわいえやす》の言葉通り、余裕を持つほどの収入を得られないようになっている。少しでも稲の稔りが悪いと、いきなり影響を受けた。

「今年も奥州《おうしゅう》はよくないようですね」

帳面を付けながら、山城屋昼兵衛《やましろやちゅうべえ》が口にした。

「のようだな」

真向かいに座っている仙台浪人大月新左衛門《おおつきしんざえもん》がうなずいた。

「やはり気になりますか」

「向こうから切られた縁とはいえ……気にならぬとは言えぬ」

大月新左衛門が寂しそうな顔をした。

「国元には知り合いも親戚もおるでな」

もと仙台伊達《だて》藩士だった大月新左衛門はお家騒動に巻きこまれ、その身分を失った。

「奥州のなかでも、仙台さまはとくに悪いという噂《うわさ》でございますよ」

「……そうか」

小さく大月新左衛門がうなずいた。

仙台は冷害、水害の多いところであった。表高は六十万石余《ごく》、実高は支藩の一関を合わせて百万石とも言われているが、ひとたび冷害や水害を喰らうと収入は半分どころか三分の一を割りこんだ。

「ここ数年、天候が悪い」

放逐された身とはいえ、故郷のことだ。大月新左衛門の表情が曇った。

「三年も不作が続けば、藩士のなかからも娘を売る者が出る」

禄米を支給されている者は、豊作不作にかかわらず同じだけの米をもらえる。もっとも昨今の藩政不如意を理由に、半知借り上げされているので収入は半減しているが、なくなりはしない。着物や道具までは手が回らないだろうが、喰うだけならばなんとかなった。

困るのは知行所持ちであった。

知行所持ちの藩士は何石穫《こくと》れるという土地を藩から与えられ、そこから徴収する年貢を生活の糧にしている。当然、不作、凶作になれば年貢が減るか、取れなくなる。

無理矢理徴収すれば、領民は逃げ出す。百姓がいなくなった田畑は手入れされず、次の秋の稔りを失う。それならまだいい。下手をすれば一揆《いっき》が起こった。

一揆は知行所持ちにとって最悪の事態であった。

日ごろ武家の無理無体に耐えている百姓たちが、このままでは死ぬと感じたときに一揆を起こす。

そして一揆は伝播《でんぱ》する。

己の領土だけならばまだいいが、近隣などに飛び火しては騒動になる。下手をすれば藩の存亡にまで及ぶ。

「村を治める能力がない」

そうなる前に藩は藩士を切り捨てる。知行所持ちを切腹させ、代わりの人材を送りこむことで百姓の気持ちを宥《なだ》め、一揆を収める。

それがわかっているから、知行所持ちは不作の年は年貢をあきらめるか減らす。

一年はどうにかなる。さすがにそれくらいの蓄えはある。二年目もなんとかなる。

親戚や知人にすがり、金やものを援助してもらえばすむ。

だが、三年は耐えられなかった。

武士には軍役が課される。知行所持ちともなると侍身分の家臣と足軽小者《こもの》を抱えていなければならない。その経費と武士としての体面を保つ費用は収入がないからといって、切り捨てるわけにはいかないのだ。

最初は不要の道具を売り、次は重代の家宝を手放し、最後は妻や娘を苦界《くがい》に沈める。

現実、吉原《よしわら》には武士の娘が何十人といた。

「天候には勝てませんよ」

昼兵衛が口にした。

「わかってはいるが、西国に比するとな。どうしても理不尽なものと思える」

小さく大月新左衛門が首を左右に振った。

「あのお」

そこへ気の弱そうな女の声が割りこんだ。

「……おや」

帳面から顔をあげた昼兵衛が、暖簾《のれん》の隙間《すきま》から覗《のぞ》いている目を見つけた。

「お客さまですか。どうぞ、お入りを」

昼兵衛が招いた。

「すいません」

おずおずと若い女が店へ足を踏み入れた。

「こちらは人入《ひとい》れ屋の山城屋さんでまちがいありませんか」

若い女がいつでも逃げ出せるようにとばかりに腰を引いた姿勢で訊《き》いた。

「はい。山城屋でございまする。わたくしが主《あるじ》の昼兵衛で」

緊張している若い女を宥めるかのように、昼兵衛が微笑《ほほえ》んだ。

「あ、あたしは常陸国相馬郡《ひたちのくにそうまぐん》の百姓佐吉《さきち》の娘で唯《ゆい》」

若い女が名乗った。

「お仕事をお探しでございますか」

「う、うん」

確認された唯がうなずいた。

「表通りの人入れ屋でなく、辻《つじ》を入った当家にお出《い》でということは普通の奉公ではなく……」

最後まで言わず、昼兵衛が唯の顔を見た。

「ここに来れば、お、お妾さんになれると」

唯が述べた。

「なれるとは言いません。お相手のあることでございますからね。お妾さんをお求めのお客さまとあなたが合えばの話でございます。わたくしのほうからどこかへお連れするということはございません。お探しのお妾さんと条件が近いお方がおられますよと斡旋《あっせん》するくらいで」

過度の期待をされては困る。昼兵衛が告げた。

「わ、わかりました」

唯がうなずいた。

「早速、今日、ご紹介をくださいますか」

「無理でございますね」

すがるように言った唯を昼兵衛が一言で切って捨てた。

「困ります。すぐに奉公先を決めないと……」

「あいにくと、当家はそういった手軽なまねはいたしておりません」

「なぜ」

きっぱりと拒絶した昼兵衛に唯が訊いた。

「やはりおわかりではございませんか。妾奉公は旦那さまとの相性がなによりも大切。食べていかなければと適当に選ぶなどもってのほか。お互いに相手のことを気に入らなければ、長続きはいたしません。山城屋はここで四代続いた老舗《しにせ》。男のお客さまにも女のお客さまにも信頼されて初めて成りたつのが妾屋。先のことを考えず、今お金が要《い》るならば、妾屋ではなく遊郭《ゆうかく》へお出でなさい」

そう言うと昼兵衛は帳面付けへと戻った。

「…………」

放置された唯が泣きそうな顔をした。

「山城屋どの、拙者《せっしゃ》の仕事はどうかの」

大月新左衛門も唯への興味をなくした。

「今、見ておりますがね。妾番となるとちょうどよいのがございませんでしてねえ」

帳面を繰りながら昼兵衛が唸《うな》った。

「別段、妾番でなくともよいが」

妾番とは美しく若い女を囲った大店《おおだな》の主などが、妾を浮気させないために雇う用心棒のことだ。女に靡《なび》くことのない鉄の精神と、万一にでも対応できるだけの腕と度胸を持っていなければならない。なにより絶対の信用が要った。

それだけの人物を拘束するのだ。日当も普通の用心棒よりも高い。よほどの金持ちでもないかぎり、妾番など置かない。そうそうある仕事ではなかった。

「それでしたら、いくつかございますよ」

昼兵衛が帳面を捲《めく》った。

「表通りの炭屋越後屋《えちごや》さまが、夜回りをお求めでございますね。最近、火付けが多いので夜通しの警固をと。日当は一日三百文」

「一夜寝ずの番でそれはいささかきついな」

大月新左衛門が断った。

大工や左官の下働きで一日働けば三百文、腕のある職人ともなると千文以上もらえる。なにもなければいるだけ、魔除けの置物に等しい用心棒でも四百文が相場である。妾番ともなると一日で一千五百文ほどもらえた。

「でしょうね。だから、なかなか決まらないようで、うちのような妾屋までお話が来たんでございますな」

昼兵衛も笑った。

山城屋は一応諸国人入れ屋の暖簾を掲げているが、そのじつは妾を扱う妾屋である。妾を欲しがる男と、妾奉公をしたがる女を会わせ、仲介料をもらう。それが山城屋の本業だが、一応暖簾の関係もあり、普通の女中奉公や男のお店奉公なども扱っていた。

「あとは……いいのがございました」

昼兵衛が付箋を貼った頁を開いた。

「小間物問屋の嵯峨《さが》屋さまはご存じでございましょう」

「ああ。三カ月ほど妾番をさせていただいたな」

大月新左衛門が思い出した。

「嵯峨屋さまが、お嬢さまの病気療養のお供を探しておられます」

「会ったことはないが、娘御が病か。それは心配なことだろうな」

さすがに妾番は本宅に出入りはしない。嵯峨屋の家族構成などを大月新左衛門は知らなかった。

「のようでございますな。埃《ほこり》の多い町中より、空気のきれいな郊外の寮で静養なさるにつき、用心棒を一人お求めで」

昼兵衛が説明した。

「寮はどこだ」

「小梅村《こうめむら》で」

浅草《あさくさ》から大川《おおかわ》を渡ったところが小梅村である。江戸から渡し船に乗るだけとは思えないほどのどかなところで、豪商や諸藩の重役が喧噪《けんそう》を避けて休養を取るための寮や別宅が点在している。

もちろん農家もあるが、数はそれほどない。また普段は寮番の老人くらいしかいないので、人気《ひとけ》も少ない。とはいえ豪商などの寮である。置いてある調度品などはかなり高級なものばかりになる。

なにより小梅村は江戸町奉行の管轄ではなく、関東郡代の管轄になる。関東郡代は捕り方を抱えていないので、被害が出ても動けない。盗人《ぬすっと》としてはこれほどありがたいところはなかった。

「娘御の身を考えてのことだな」

「だといいんですがね」

言った大月新左衛門に、昼兵衛が苦笑した。

「裏があるのか」

大月新左衛門が表情を硬くした。

「裏というほどじゃございませんよ。お嬢さまに悪い虫が付いたというお話で」

「悪い虫……男か」

大月新左衛門が確認した。

「ええ。どうやら近所の男ですがね。箱入り娘が落ちるていどには男前で、仕事もしない放蕩《ほうとう》息子らしく」

「放蕩息子……どこぞの商家の息子なんだな」

「周防屋《すおうや》という米問屋の三男坊でございますよ」

「婿に迎えるとはいかない……」

「だめでしょうな。ちとお仕事をお受けしたときに調べてみましたら……まあ、出るわ、出るわ。ろくでもない野郎でございましてね」

大月新左衛門の問いに、昼兵衛が応じた。

「女は取っ替え引っ替えするだけじゃなく、孕《はら》ませたうえで捨てる。博打場に出入りするだけじゃなく、やくざ者ともつきあいがあって、近所で暴れ回る。これ以上ないというほどの鼻つまみ者でございました」

　昼兵衛があきれた。

「あのう……」

　気弱な女の声が割りこんだ。

「おや、まだおいででしたか」

　昼兵衛が唯に目をやって驚いた。

「ほう」

　大月新左衛門もあきらめなかった唯に目を大きくした。

「なんとかお願いします」

　その場で唯が腰を折った。

「そう言われましてもね。妾屋には決まりがございましてね」

　もう一度昼兵衛が説得しようとした。

「妾がなにをするかはご存じですな。まさか、おぼこではございますまい」

　昼兵衛が念のために訊いた。

「一度だけ、村で……」

唯が顔を真っ赤にした。

「なら、男と女がやることをやったら、子供ができるとも知ってますね」

「……はい」

消え入りそうな声で唯がうなずいた。

「もう一つ、男と女が身体《からだ》を交えることでうつる病《やまい》があることはご存じですかな」

「そんな病が……」

唯が息を呑《の》んだ。

「あるんですよ。男から女へ、女から男へうつる病がいくつかありましてね。これがなかなか面倒な病で、痛みもなく、よほど重くなるまで目に見える変化もない。しかも質《たち》の悪いことにうつったばかりでも他人へ伝えてしまう」

「……あたしにも」

唯が震え出した。

「それはわかりませんがね。お妾さんがその病にかかっていたら、旦那さまにもうつしてしまう。それはだめでしょう」

「はい」

「さきほどの子どものことも同じですよ。お妾奉公中に子ができたときは、旦那さまの血筋となります。大店や名門のお武家さまだと跡継ぎになることもあります。そのとき、誰の種かわからないようでは困りますでしょう」

「…………」

昼兵衛の説明に、無言で唯が首肯した。

「病と妊娠、その両方がないとわからないかぎり、妾屋ではお取り扱いできません」

「どうしたら」

唯が問うた。

「妊娠しているかどうかは、女の人ならわかりましょう。月のものがあれば大丈夫です」

「なら、十日前にありました」

唯が勢いこんだ。

「その証明はどこに」

冷静に昼兵衛が尋ねた。

「えっ……」

予想外の言葉に唯が啞然《あぜん》とした。

「失礼ながら、あなたが言っているだけで、誰もそれを確認してませんがね」

「……そんなものどうやって確かめると」

恥ずかしいのを我慢して口にしたのをあっさりと否定された唯が憤りを見せた。

「うちに属している女たちは、平気でわたくしの前で股《また》を開きますよ」

「それは……」

「こちらも商売ですからね。商品の具合は確認しますよ。お客さまに安心してお引き取りいただけるように。ああ、先ほどの病ですが、わたくしが診られますから。妾屋として三十年近くやってきました。そこいらの藪医者《やぶいしゃ》よりも下《しも》の病には通じております」

「男にあそこを見られるなんて」

唯が真っ青になった。

「もちろん、そういう女さんへの対応もできますよ。月見女というのがいましてね。さすがに常傭《じょうよう》でいてくれはしませんがね。用があるのは月に数回ていどなので、日当で仕事をしてもらうんですよ」

「月見女」

　女ならその意味はすぐにわかる。

「次に月のものが来たときに、月見女が確認します。月見女は絶対に嘘《うそ》をつきませんからね。金に転んで、偽りを報告したら、二度と月が見られなくなるだけではすみませんから」

「えっ……」

　淡々と言う昼兵衛に唯が呆然《ぼうぜん》とした。

「下手したらお家騒動の原因を作るんです。商家なら数万両、武家なら家臣が何人か死ぬくらいの被害が出る。そうなったときの責任なんぞ、取りようありませんでしょう。だから、そうなる前に始末するだけのこと」

「ひっっ」

　唯が悲鳴をあげた。

「あんまり妾をなめないことです。妾は世の闇。金のある男が、一人の女を好き放題にする。遊女のように毎日違う男に股を開かんでもいいというだけで、やることは同じ。夫婦と違って、先の約束はなにもない。下手な男の妾になったため、生涯を日陰で過ごす羽目になった女なんぞ、掃いて捨てるほどいますし、その逆も。みような女を妾にしたため、全財産を失った男も両手両足では足りません」

昼兵衛が唯の目を見つめた。

「それではどちらも泣きを見る。安心して妾を囲えない、奉公できない。そのような事態をなくすのが、妾屋。女にもいろいろ注文を付けますが、男も厳しい条件を課しています。身体や心を傷つけて喜ぶような性癖はないか、ちゃんと給金を払い続ける財力があるかなど、妾屋の客にふさわしい人物かどうかを調べ尽くします」

一度言葉を切って昼兵衛は唯を見つめた。

「妾屋は女を護《まも》る砦《とりで》でもあるんです。その砦に得体の知れない女を迎えられますか。身許《みもと》はもちろん、身体の点検もしっかりして当然でしょう」

「…………」

「遊女になるよりまし、普通の女中奉公よりは楽。そんな軽い気持ちで妾をするなら、止《や》めておきなさい。お金はただでくれませんよ。払った金額以上のものを旦那に与えられない妾なんぞ、邪魔なだけですから」

「身体だけ……」

「閨《ねや》ごとだけしたいのなら、妾なんぞ不要でしょう。給金以外に住むところ、身のまわりの世話をする女中が要りますからね。その点吉原の遊女なら、揚げ代と飲食費ていどですむ。やりたい盛りの十代、二十代なら揚げ代も馬鹿にならないでしょうが、妾をお求めになられる方の多くは四十代以上。閨ごとなんぞ月に数回もあればいいほうですから、遊女を買うより妾のほうが高く付く……」

妾の仕事は寝ることだけと言いかけた唯を昼兵衛が説諭した。

「……妾は盛大な無駄遣いなんですよ」

「で、では、なぜ妾を」

「求めるかとお訊きですか。簡単なこと。妾は旦那の癒しだからですな」

「癒し……」

答を聞いた唯が繰り返した。

「女は男の癒しですからね。なぜ御上《おかみ》が岡場所を禁じておきながら、黙認しているか考えたことはありませんか。吉原だけで江戸の男の相手ができないからですよ。男というのは荒ぶるもの。その荒さをやわらげるのが女。いわば抜き身の刃《やいば》と鞘《さや》でございますな。鞘のない刃物は、いつ他人を傷つけるかわかりませんでしょう」

江戸は男の町であった。

天下の城下町だけに、あちこちから人が集まってくる。参勤交代で一年間という期限付きの勤番侍《きんばんざむらい》や、田舎で食いつめた百姓の三男、四男、悪さで地元にいられなくなった者などが職を求めて江戸へと来る。

人が来れば住むところがいる。喰いものがいる。それらを作るために、またも人手がいる。この結果、江戸は膨張し続けていた。

そして江戸へ出てくる者のほとんどは男であった。勤番侍は単身赴任であるし、一旗揚げようと考えている者は独り者が多い。

江戸は女不足であった。

「男というのは困ったものでしてね、あるていどのところで気を抜かないとおかしくなるんですよ。ああ、おかしくなるといっても人を殺したりとかいうほどじゃないですが、怒りやすくはなります。何万という男が喧嘩沙汰《けんかざた》をひきおこしては大変でしょう。それを治めるには女が一番の妙薬。女がやさしく男を受け入れてやれば、それだけで荒ぶりは霧散します。それがわかっているからこそ、御上は岡場所を目こぼしされている」

「…………」

唯が呆然と聞いていた。

「では、ご新造《しんぞう》さま、あるいは奥さまはどうなんだとなりますな」

「はい」

昼兵衛の言葉に唯がうなずいた。

「お妾を求められるほどのお方となれば、ご内儀《ないぎ》を好きで娶《めと》ったという方は少ないのですよ。家と家の繋《つな》がりのために迎えたというのがほとんど。子供を作るために嫁いできた女に、癒しは求められませんでしょう。もちろん、貧しいなかから夫婦二人で努力して、財を築いた方もお客さまにはおられますがね。こちらの場合はお内儀が妻ではなく、同僚《おなかま》になってしまうんですな。同僚相手に閨ごとはしにくいですな。ああ、これは男の勝手な言い分ですが」

昼兵衛が苦笑した。

「おわかりでしょう。旦那さまは、妾に女としての身体と心の癒しを求められる。一日働いた疲れをほぐしてもらい、明日への活力を復する。それが妾の仕事。ただ夜具の上で、股を開いて天井のしみを数えていればすむというものではありません」

「……癒すとはどうすれば」

「まず明るくお迎えすること。にこやかに微笑む。これだけで男はずいぶんとやすらげます。あとは、旦那の話を否定することなく、一生懸命聞いて差し上げる。何度聞いた自慢話でも、初めてのように感動し、笑う。そして褒める。男は単純ですからね。それだけでささくれだった心が治る。その後で閨で心地よい疲労をしてもらえば、翌朝の目覚めもよく、鬱積《うっせき》した思いも消え去る。今日も仕事をがんばろう。そう思っていただく。妾の仕事は旦那さまを支えること。それができますかね。今のあなたに」

「…………」

言われた唯が、うつむいた。

「悪いことは言いません。普通の女中奉公になさい。五年先、きっとよかったと思えますから」

「……はい」

「山城屋から聞いたとして、表通りの人入れ屋但馬屋《たじまや》さんへお行きなさい。きっとあなたに合った奉公先を見つけてくださいますよ」

「ありがとうございました」

諭された唯が頭を下げて出ていった。

「ずいぶんと厳しいな」

ずっと沈黙していた大月新左衛門が昼兵衛を見た。

「覚悟がありませんでしたからね、あの娘さんには。あんなのを紹介されたら旦那衆が迷惑ですよ。なまじ見た目がいいだけに、初見で気に入るお方もおられましょうし」

昼兵衛が首を横に振った。

「なんのために妾をするか。金もうけと楽をしたいとだけしか考えていない女は、山城屋の客じゃありません」

「さすがだな」

大月新左衛門が感心した。

「さて、さきほどの続きをしましょう。嵯峨屋さんの用心棒ですが……」

「ただいまあ」

用件をもとへ戻そうとした昼兵衛を遮るように、暖簾を賑《にぎ》やかにあげながら、若い女が入ってきた。

「……これは、お蓮《れん》さん。ただいまとはどうしたんだい。奉公先をしくじった……いや、お蓮さんに限ってそれはない」

昼兵衛が驚いた。

「お蓮さんは、もう六年から妾をしている熟練……」

「嫌なこと言わないで欲しいわ。歳《とし》がわかってしまう」

土間から板の間へあがりながら、蓮が抗議した。二十歳《はたち》をこえたら年増、二十五歳をこえたら大年増と言われるのが江戸である。六年も妾をしているというだけで、大年増に近い年齢だとわかる。

「ここにはわたしと大月さましかいませんよ」

気にする意味がないと昼兵衛があきれた。

「でも、嫌。大月さま、すいません」

文句を言いつつ挨拶《あいさつ》をするという器用なまねを蓮がした。

「半年振りかな。相変わらず艶だの」

大月新左衛門が笑った。

「で、なにがありました。大江屋《おおえや》さんの身になにか」

妾が不意に帰される。旦那の死がその原因のなかでも大きな比重を占めていた。得意先の不幸となれば、きちっと対応しなければならない。

昼兵衛が問うた。

「旦那さまはお元気だけれど……お店が左前《ひだりまえ》になってしまって」

蓮が告げた。

「大江屋さんが、左前に。大江屋さんは米問屋さんでしたよねえ……相場ですか」

少し考えた昼兵衛が思いあたった。

米問屋は、庶民が使う米屋とは一線を画する。扱う単位も石であり、秋口に買い集めた米を蔵に保存し、適時市場へ流す。米という生活必需品を支配下に置く豪商であるが、商売の常である安く仕入れて高く売るという仕組みからは逃れられない。

米問屋の多くは、春先に米の手配をすませてしまう。出入りを許されている大名家に、手付金を払って秋の稔りを予約するのだ。

このとき、米のできを予想して手付金の嵩《かさ》を変える。これを相場といい、秋のできが考えたとおりであれば大きく儲《もう》かり、外れたときは大損する。

「外されましたか」

昼兵衛が嘆息した。

「だってさ。今朝、番頭さんが妾宅《しょうたく》まで来て、悪いが奉公は今日までと……はい」

懐から蓮が小判を二枚取り出した。

「二両ですか……手切れ金の相場五両より少ないですが……お店が潰《つぶ》れそうならしかたありませんね」

「もらえただけよかったと思ってる」

渋い顔で言う昼兵衛に蓮が首を横に振った。

「さすがは蓮さんですね。では、この二両のうち一分をわたくしの取り分としていただきますよ」

「一分……少なすぎでは」

蓮が驚いた。

「事情を勘案しただけですよ。旦那になるお方の懐中具合に気づかなかった。わたくしの失策です。夏ごろまでに気づいていれば、早めにお暇をもらい手切れの金も相場どおりもらえたでしょうから」

詫《わ》びながらお釣りの一両三分を昼兵衛が蓮に返した。

「助かります。遠慮なく」

蓮が金を拝んでから懐へ仕舞った。

「上、空《あ》いてますか」

天井を指さして蓮が尋ねた。

「空いてますよ」

昼兵衛がうなずいた。

「よかった」

蓮が両手を合わせて喜んだ。

「不意の奉公構いでしょう。なんの用意もできてなくて。次に住むところの手配からと困ってました」

「このようなときこそ、妾屋だな」

大月新左衛門が同意した。

どこでもというわけではないが、妾屋の多くは二階を貸間としているところが多かった。

　田舎から出てきたばかりで江戸に知り合いもいない女や、蓮のように暇を出されて行き場のない女を住まわせるのである。もちろん、賃料はもらうが、長屋などに比べて安い。雑魚寝《ざこね》で一部屋に数人が一緒に起居するとはいえ、妾奉公を望む女たちにとってはありがたいものであった。

「山城屋さん、いいところないですか」

　寝床の確保をした蓮が、仕事を求めた。

「わかっているだろう。妾奉公の決まりを」

　昼兵衛が蓮に釘《くぎ》を刺した。

「病と孕みでしょう。わかってます。でも、いい旦那さんは取り合いになるから、早めに見合いだけでもしておきたいなと」

　蓮がごまかすかのように笑った。

「それにちょうど月のものが来てますし。後で確認してくださいな」

　あっけらかんと蓮が求めた。

「かないませんねえ」

昼兵衛が感心した。

「荷物を置いてきなさい。今手元にある奉公先を説明しますから」

「はあい」

嘆息しながら折れた昼兵衛に、蓮がうれしそうに応じた。

「さすがの山城屋も形無しだな」

大月新左衛門が頬を緩めた。

「蓮さんは、うちの切り札のお一人ですからね。多少の融通は利かせますよ。蓮さんのおかげでかなり稼がせてもらいましたし。旦那衆の受けもいい。妾屋の評判は、結局女の質、どれだけよい女を抱えているか、それで決まります」

昼兵衛が言いわけをした。

「たしかに、どこへ妾番に行っても、嫌な思いをしたことはないな」

大月新左衛門も同意した。

妾番はいわば、旦那の手先である。妾が浮気をしないかと一日見張っている。妾にしてみれば、もうちょっと信用できないのかと、いい気分のものではない。

それでいながら、妾たちは番人たる大月新左衛門に気を遣い、食事などの世話をしてくれていた。

「うちだけですよ、それは。他所《よそ》の妾屋だと、妾番は食事さえ用意されません。どころか美人局《つつもたせ》まがいの罠《わな》を張って、首にさせるように持っていくことも多いとか」

「己にも傷が付くだろう。妾番と妾の色恋沙汰は」

男と女の関係は、一方だけでは成り立たない。

「無理矢理迫られたと、閨で妾に泣きつかれてごらんなさい。妾番なんぞ翌日お役ご免ですよ。そのうえ斡旋した妾屋へ苦情を出せば、妾番は二度と仕事をもらえません。妾番は店の信用ですからね」

昼兵衛が述べた。

「かなわんな」

大月新左衛門が首をすくめた。

「嵯峨屋さんのお話、お受けくださいますか」

「泊りだろう。休みはもらえるのか、いつには終わるのかをはっきりしてもらわぬと困る」

返答を求められた大月新左衛門が条件を出した。

「八重《やえ》さまに叱られますか」

「…………」

笑った昼兵衛に大月新左衛門が赤面した。

「まだご一緒になられて六カ月でございましたね」

「五カ月と二十日ほどだ」

微妙な訂正を大月新左衛門が入れた。

「変わりませんよ」

昼兵衛があきれた。

「お休みは月に二度、朔日《ついたち》と十五日。期間はとりあえず二カ月。それで治まらないようであれば一カ月ごとの更新。もちろん、三度の食事、洗濯の手配は向こうさま持ち。風呂もお嬢さまの後ですが、お使いくださってけっこうで」

「至れり尽くせりだな。で、肝心の日当はいくらだ」

仙台藩士だったときは薄禄《はくろく》とはいえ、明日の米は心配いらなかった。それが今や一日働かないだけで、しっかりと影響が出る。武士は喰わねど高楊枝《たかようじ》と誇れたのは浪人直後までで、今では妻と二人の食い扶持《ぶち》を稼がなければならなくなった。

大月新左衛門が、もっとも大事なところを尋ねた。

「日当じゃございません。月ごとのお支払いで、一カ月二両」

「二両……一日あたりにして、四百文か。悪くはないが……」

「とびぬけてよくもなしと」

大月新左衛門の言いたいことを昼兵衛が代わって言った。

「拙者より、山形《やまがた》氏にお勧めするべきではないか。食事や洗濯など、独り者には意味がある」

山城屋の誇る妾番二枚看板の片割れ、山形将左《しょうざ》に譲ると大月新左衛門が述べた。

「それがねえ。山形さまだと、ちと物騒な話になりそうで……」

「物騒な……」

気乗りしない様子の昼兵衛へ大月新左衛門が首をかしげた。

「女に迷惑を掛ける男は許さない。それが山形さまでございましょう」

「たしかにの。遠慮のない御仁ではあるな」

大月新左衛門も同意した。

山形将左は河内《かわち》浪人である。大月新左衛門同様宮仕えをしていたが、妻を藩主に奪われたことで、武家奉公に嫌気がさし、身分を捨てて江戸へ出てきた。

「さすがになにか仕出かしてからでないと奉行所の手前も困ります。山形さまだと、その男を見つけ次第に……」

最後まで言わず、昼兵衛が両手で剣を振るまねをした。

「やりかねんな」

山形将左の腕は大月新左衛門も知っていた。一度は惚《ほ》れた吉原の遊女を人質にされた山形将左と剣を交えたこともある。その苛烈な一撃をそこいらの無頼ていどの男が防げるはずもなかった。

「そういえば、山形氏は」

ふと最近姿を見ていないなと大月新左衛門が問うた。

「少し遠出をお願いしてます。白河《しらかわ》まで出迎えに行ってもらっておりまして」

「白河……奥州街道の」

「さようで。吉原の三浦屋《みうらや》さまからのご依頼で、奥州から吉原へ売られた娘たちを江戸まで警固して欲しいとのお話で」

「三浦屋か。あの縁だな」

すぐに大月新左衛門が理解した。

「はい。吉原の覇権は三浦屋さんが取られたとはいえ、西田屋《にしだや》の残党で行方《ゆくえ》のわかっていない連中はまだいますのでね」

江戸の中央から外れの浅草田圃《たんぼ》へ移されたことで客足を失った吉原の窮乏を打開すべく、惣名主《そうなぬし》西田屋甚右衛門《じんえもん》は江戸中の妾屋をその支配下に置こうとした。

妾屋はいろいろなところに伝手《つて》がある。それこそ大名から江戸を代表する豪商まで、取引先にいる。

下手な手出しは吉原をより窮地に追いこむと危惧《きぐ》した三浦屋四郎左衛門《しろうざえもん》らが、昼兵衛たちと手を組み西田屋甚右衛門を追い落とした。

そのときの繋がりで、三浦屋四郎左衛門から山城屋へ売られてくる娘たちの警固依頼が出された。

「忘八《ぼうはち》は吉原を出たら、なんの力も持たぬ。三浦屋では、吉原からも捨てられた西田屋のもと忘八衆の暴発を止められぬな」

大月新左衛門が難しい顔をした。

「稔りの秋とは申しますが、凶作の地にとって、秋は別れの季節でしかございません。娘を売らなければならない親たちにしてみれば、せめて道中無事でと願うことしかできませんしね」

吉原には遊女は二十八歳で解放されるという決まりがある。場末の小見世《こみせ》はそのような決まりを守らないが、三浦屋や卍屋《まんじや》などの大見世は遵守していた。

ただ、そうすれば見世の遊女が減る。吉原の遊女屋も商売である。いい女がいてこそ、客を呼べる。

吉原一の大見世として看板を張っている三浦屋は、その欠員を補充するために奥州や甲州、相模《さがみ》などへ子飼いの女衒《ぜげん》を派遣していた。

その一つが奥州での仕事を終え、江戸へと戻ってくる。

今回の奥州冷害の影響は大きく、娘を手放した親は多い。しかし、江戸吉原の三浦屋ともなれば、誰でもいいとはいかないのだ。鄙《ひな》にはまれな美貌でなければ、吉原で太夫《たゆう》や格子《こうし》といった稼げる遊女にはなれない。

三浦屋の女衒が連れてくる女たちは、それこそ美形の集まりであった。

だけに狙われやすい。一人、二人を攫《さら》って田舎の遊女屋へ売り払っただけでも、数カ月遊んで暮らせる金になる。ましてや、西田屋落魄《らくはく》の引き金を引いたのは三浦屋である。その恨みが、この女たちに向けられることは十分考えられた。

「普段ならば、女衒の手伝いなど引き受けはしませんがね」

昼兵衛が眉間《みけん》にしわを寄せた。

妾屋は遊女屋ではない。妾も遊女も強いられることは同じだが、大きな違いがあった。妾は旦那が嫌になれば、奉公先を辞められる。しかし、遊女には客を選ぶことも、仕事から逃げることもできない。

「今回ばかりはまずいと思えてしかたがないんですよ。西田屋は吉原創始の功績を持つだけに、潰せませんでしたからね。なにより、吉原の力は大門《おおもん》のなかだけ。奥州までは届きません。逃げ出した西田屋の忘八たちが、三浦屋へ売られていく女たちに手出しをしないという保証はどこにもありません。いえ、してきましょう。選《え》りすぐった女たちを奪われた三浦屋の勢威は、地に落ちます。女が足りなくなって客足が減るだけではなく、三浦屋に売られた娘は危難に遭うとの噂が立てば……」

「生きてさえいてくれればと願う親たちの最後の願いも潰《つい》え、三浦屋へ娘を売る親はいなくなるか。嫌らしい手だが、吉原の見世には効果抜群な策だな」

大月新左衛門も眉をひそめた。

「なにより売られてくる女に罪はございませんからね」

「妾屋は女の駆けこみ寺だからな」

「特別ですよ、今回は。いかに駆けこみ寺とはいえ、こちらから手を伸ばしはしません。救いを求めてくる者だけで手一杯でございますから」

いつまでも面倒は見ないと昼兵衛が述べた。

「……だな。人にはできる限度がある。かかわった者すべてを救うことなどできはしない。ましてや顔さえ見たことのない者までとなると、神仏の仕事だ」

「割り切れるようになられましたな」

無理はしないと言った大月新左衛門を昼兵衛が認めた。

「さて、山形さまはあと五日はお帰りではございません。嵯峨屋さんのお仕事をお受けいただけますかな」

「山城屋が勧めるとあれば断れぬな」

確認された大月新左衛門が首肯した。

「一つだけ訊いておきたいのだが……」

「なんでございましょう」

昼兵衛が首をかしげた。

「寮に忍びこんできたやつは、退治していいのだな」

「退治はちょっと物騒でございますな。まあ、二度と女に手出しできないようにするくらいで止めていただければと。後始末は嵯峨屋さまがしてくださいますが、死体の片付けは手間でございますから」

念のためにと訊いた大月新左衛門に、昼兵衛が応じた。


山形将左は、白河城下の旅籠《はたご》で、三浦屋の女衒と合流していた。

「嘉吉《かきち》と申しまする」

「山城屋の抱えである山形だ」

二人は名乗りをかわした。

「早速だが、女は何人だ」

山形将左が、旅籠の土間の隅で固まっている女たちを見た。

「…………」

女たちは誰もがうつむき、身体を寄せあっていた。

「八人でございまする」

「多いな」

嘉吉の答えに山形将左が苦く頬をゆがめた。

「こちらは私を入れて四人おりまする。山形さまを入れて五人とあれば、なんとかいけましょう」

嘉吉が十分だと述べた。

「西田屋から消えた忘八は、わかっているだけで四人だ」

「それならば余裕でございましょう」

「増えてなきゃいいがな」

山形将左が懸念を口にした。

「増えるとは……」

「金を出せば、いくらでも手は雇えよう」

怪《け》訝《げん》な顔をした嘉吉に山形将左が告げた。

「雲助《くもすけ》なんぞ、いくらでも街道筋にはいるぜ」

「……それは」

嘉吉が目を大きくした。

「足弱を連れての移動だぞ。逃げるのも難しい」

女は裾が乱れることを嫌がって、必死で走らない。山形将左は嘆息した。

「白河から江戸まで四十五里（約百八十キロメートル）と少し。女連れだと一日がんばって十里（約四十キロメートル）。疲れやら足の痛みを考えて、余裕を見たら八里（約三十二キロメートル）、六日だな」

「おそらくは」

山形将左の計算を嘉吉も認めた。

「街道には他人目《ひとめ》のないところなんぞ、いくらでもある。林のなかで待ち伏せでも喰らえば終わりだぞ」

江戸から白河までの間を山形将左は思い出していた。

「さすがに城下や宿場では襲いこねえと思うが……」

「……へい。あいつらは忘八。人別《にんべつ》がない連中。役人に見つかれば捕まえられまする。できるだけ目立ちたくはないはず」

嘉吉が同意した。

「どちらにせよ、やるしかねえ」

「お願いをいたしまする」

天を仰いだ山形将左に嘉吉が頭を下げた。

「移動は一日七里（約二十八キロメートル）にする」

「急がなくてよろしいので」

山形将左の指示に嘉吉が問うた。

「もう秋も深い。日暮れが早い。暗くなる前に宿場に入りたい。飛び道具はまず遣ってこねえと思うが、石くらいは投げてきかねないからな。拳《こぶし》くらいの石を頭に喰らえば死ぬぞ。肩や胸に当たれば骨が折れる。そうなれば戦えなくなる」

「……………」

嘉吉が蒼白《そうはく》になった。

「明るければ石を喰らう前に避《よ》けることもできるだろうが、暗いとまず無理だ」

「たしかに」

嘉吉が理解した。

「ここまでに、なにか気になることはなかったか」

「なにもなかったと」

訊いた山形将左に、嘉吉が答えた。

「わかった。とにかく、今日は早めに休め」

山形将左が、女たちを促した。

「おまえたち、部屋へ行きなさい」

「…………」

無言で女たちが階段をあがっていった。

「……まずいな」

その様子に山形将左が舌打ちをした。

「生きる気力をなくしてやがる。このままだと襲われたときに逃げてさえくれないかも知れぬ」

山形将左が呟《つぶや》いた。


翌朝、夜明けとともに山形将左一行は白河城下を発った。

「嘉吉」

呼ばれた嘉吉が近づいてきた。

「へい」

「左右を開けているがいいのか」

行列の先頭に二人、後ろに一人、なかほどに嘉吉という態勢に山形将左が懸念を表した。

両脇に誰もいない。女が街道から外れて刈り入れの終わった田へ逃げ出しても不思議ではなかった。

「大事ございません。逃げ出せば、その付けがどこへいくか、十分言い聞かせてございますから。二十八歳までの年季奉公証文はこちらにございます。逃げれば、この証文を盾に実家へ取り立てが行くことになりまする」

嘉吉が淡々と口にした。

「娘を売るくらいだ。金なんぞないだろう」

「妹がおりましょう。それもいなければ田畑を取りあげるだけで」

冷たく嘉吉が言った。

「簡単に言うが、田畑の売り買いは禁じられているはずだ」

　田畑を耕してもらわないことには、年貢が手に入らない。

　藩によって違うが、農地の売り買いを原則禁止にしているところは多い。これは百姓ではない者が土地を買い耕作しなくなるのや、田畑を売って逃げ出すのを防ぐためのものであった。

「抜け道はいくらでもございますので」

　嘉吉が口の端をつり上げた。

「……そうか」

　山形将左が嘉吉から目を離した。

「おまえ以外の三人を最後尾へ回せ」

　しばらくして山形将左が命じた。

「わかりました」

「拙者が前に出る。おまえは女を気遣ってやれ。足にまめができていないかなど、注意を怠るな。万一のとき、その痛みで足並みが揃《そろ》わないなんぞ、勘弁してもらいたいからな」

「へい」

足を速める山形将左に嘉吉がうなずいた。

「草鞋《わらじ》の紐《ひも》をもう一度確かめろ……いいな。行くぞ」

行列を組み直した山形将左が号令をかけた。

宿場を出て少し行くと田園地帯も終わりを告げ、林になる。

主要街道として整備されている奥州街道は、旅人の便宜を図るために道中奉行監督のもと、手入れがなされていた。

木々の間は光が届きやすいように伐採され、街道に落石などがあればすみやかに撤去される。

「あれでいいか」

林のなかに入った山形将左は左右を何度も確かめて、足を止めた。

「少し待っていてくれ。すぐに戻る。その間、ふくらはぎをよく揉《も》んで血の巡りをよくしておくよう。嘉吉、背後への見張りは怠るな」

女にはやさしく、男には厳しい指示を出して、山形将左は林のなかへ踏みいった。

「……ふむ」

目を付けていた若木の側で、もう一度山形将左は確認した。

「ふっ」

息を吐くような気合いを発した山形将左が、若木に向かって太刀を振るった。

「……………」

若木から出ていた太さ二寸（約六センチメートル）ほどの枝が数本、音もなく落ちた。

「小枝を払い、四尺（約百二十センチメートル）の長さに揃えれば……」

太刀《たち》を鞘に戻した山形将左が、脇差で枝を加工した。

「こんなものか」

作った棒を手に、山形将左が街道へ戻った。

「旦那、それは」

嘉吉が尋ねた。

「一人一本ずつ持て」

山形将左が四本の棒を嘉吉に渡した。

「杖《つえ》なしでも大丈夫でござんす。旅には慣れてやす」

嘉吉が不要だと手を振った。

「杖じゃねえよ。投石されたときの盾だ」

山形将左が否定した。

「投石を防ぐ盾……」

わずか二寸ほどの幅で盾と言われても困る。嘉吉が首をかしげた。

「こうやって棒の一端を頭の高さに合わせ、そのまままっすぐ身体の真んなかへ垂らす」

説明しながら山形将左がやってみせた。

「人体の中央は急所の集まりだ。そこに石を喰らえば即死してもおかしくはない。これは急所への一撃を軽減するためのものだ」

「なるほど……」

言って嘉吉がまねをした。他の男たちも同様に棒を手にした。

「なにより、これだと杖に見えるから相手が警戒しない。そのうえ、敵が近づけば棒としても使える。長さは四尺だ。長脇差《ながどす》よりも長いからな。相手の長脇差よりもこちらの一撃が先に届く」

「ううむう」

山形将左の説明に、嘉吉が唸った。

「さすがは、江戸一の妾屋、山城屋の二枚看板」

嘉吉が感心した。

「知っているのか、吾《われ》のことを」

「当たり前でござんす。あっしは三浦屋お抱えの者。吉原のしきたり破りの浪人さまのことは存じていて当然」

驚いた山形将左に嘉吉が答えた。

「そのうえ、吉原存亡の危機に立ち向かい、二人の遊女のため西田屋を潰したお方」

「……悪名ほど轟《とどろ》きやがる」

山形将左が苦い顔をした。

「もう、あの二人は落籍《ひか》せられたので」

「綾乃《あやの》も七瀬《ななのせ》もよしとしねえとさ」

問われた山形将左が嘆息した。

吉原にはいくつかの決まりがあった。その一つが二十八歳になった遊女は年季明けとするものであった。

他にも両刀は登楼の前に預けるとか、紋日《もんび》と呼ばれる吉原の行事日は、遊女の揚げ代が倍になるとか、決まりは多岐にわたる。

そのなかでもっとも重いとされているのが、馴染《なじ》みであった。

馴染みとは吉原独特の習慣である。

初会、裏を返す、馴染みの三つに吉原では客を分けていた。初会は文字どおり、初めてその見世に登楼した客のことで、裏を返すとは初会と同じ遊女のもとへもう一度訪れることを言った。吉原が他の岡場所と違うのは、初会と裏を返すまでは、遊女を抱けないところにあった。

吉原は遊女と客を仮初めの夫婦に見立てた。初会は見合い、裏を返すが婚姻の約束、そして三度目が初夜になる。

三度目を迎えた客を吉原では馴染みと称し、格別な扱いをした。専用の箸《はし》、湯飲みが用意され、遊女の格によっては名前入りの浴衣《ゆかた》も仕立てられる。

「我が見世を自宅とお考えいただきますよう」

馴染みになると客がくつろげるようにとの気配りがなされる。居心地が良いのは確かだ。

その代わり、馴染みとなった以上、他の遊女への手出しは浮気と見なされた。同じ見世の遊女への手出しはもちろん、接待などの理由なく、他所の見世に揚がることも厳禁であった。

もし、その決まりを破れば、離縁と同じ扱いで遊女と見世に詫び金を出し、出入りを禁じられた。

その吉原の例外が山形将左であった。山形将左は七瀬と綾乃と二人の格子女郎を馴染みとしていた。

そうなるには、そうなるだけの理由があり、吉原も止むなしとして暗黙で見逃してきた。

山形将左が後ろ指を指されないよう、二人の遊女に気配りを十分してきたというのもあった。

客と遊女を夫婦に見立てるなどときれい事を言ったところで、吉原は女を金で売る。どうやって金を稼ごうかといろいろな行事を作り出し、そのたびに揚げ代を倍にする。だけではない。春には花摘み祭り、夏には浴衣の日、秋には月見の日、冬は寒の見舞いなどを設け、遊女に着物をねだらせる。

これらの行事を吉原は紋日と呼び、馴染み客の来訪を義務としていた。

紋日に客が来なかったり、季節ごとの着物を贈ってもらえなかったりすると、その費用は遊女の負担となった。

もともと遊女はお茶ひきと言われる客なしの日を許されない。客がいない日は、己で己の代金を払うか、夕食抜きで見世の雑用をこなすかになる。当然、その分、借財は増え、年季奉公明けが遅くなる。

二十八歳で年季明けというのも、幕府が命じた人身売買禁止令への言いわけでしかなく、その日までに借財を消せなかった遊女は、表通りの見世から場末の小さな見世へと売り払われる。

「借財が残っておりましたので、それを清算するため、自ら望んで別の見世へ移りました。もう、あの女と当見世はかかわりございません」

あくまでも法度に従っているとの体《てい》を取りながら、名見世はこうやって若くなくなった年増の遊女を放り出し、新しく若い娘を入れる。

場末の見世へ売り飛ばされた遊女は、もう生きて吉原から出られなかった。

名見世ほど客筋はよくなく、気に入った女を落籍するだけの金を持った客などいない。一夜の性欲を発散すればいいという男ばかりで、初会だ、裏返しだ、馴染みだなどというしきたりなど聞いたこともなく、乱暴にことをすませるだけになる。

見世も端から遣い潰すつもりなので、遊女の体調など、考えてはくれず、月のものが来ようが、熱があろうがかかわりなしに客を取らされる。

結果、病になったところで医者に診せることも静養させることもなく、そんな女でもいいという客の相手をさせられる。

気に入った遊女にそんな末路を辿《たど》らせたくないと思えば、紋日にはかならず行き、着物が要るときは贈り続けなければならないのだ。

生半可なことでできるものではなかった。それを山形将左は数年続けていた。

その相手だった綾乃と七瀬が、吉原の危機を救ったという理由で、正確には吉原の弱みを握ったために山形将左に無料で与えられた。

「七瀬も綾乃も、賞品ではなく、ちゃんと年季明けを迎えて、堂々とおいらのもとへ行くだとよ」

山形将左が照れた。

「なんとも男前な」

嘉吉が感心した。

「まあ、それくらいじゃなきゃ、惚れないさ……こんなものだな」

己の棒の先を山形将左が脇差で尖《とが》らせた。

「さあ、再出発だ」

ふたたび、山形将左が先頭に立った。


三日の旅路は何事もなかった。

「そろそろだろうな」

四日目の朝、山形将左が宿を出る前に嘉吉を呼んだ。

「ここまで無事でございました。もう、大丈夫では」

何度か人気のないところを通過しているが、まったく襲撃の気配はなかった。

嘉吉が大丈夫だろうと述べた。

「いいや、江戸に近づいてからが危ない」

山形将左が首を左右に振った。

「なぜでございましょう」

「忘八は人別がない。関所は通れない」

人別がないのは罪であった。また、関所には箱根や新居《あらい》のように幕府が作ったものだけでなく、諸藩が城下や藩境に設けているところもある。

そんなところを忘八が通過しているとは思えなかった。

「江戸から関所がない範囲……」

「そろそろだろう。日光街道との分かれ道になる宇都宮《うつのみや》を過ぎた。これより先に関所はない。将軍家が日光参拝をされる経路だ。大名が関所を設けることはできない。将軍さまに関所の門を潜《くぐ》らせるわけにはいかねえからな」

天下はすべて将軍のものだ。幕府が設けたものならばまだしも、家臣に過ぎない大名が作った関門をお成り行列が通るなど論外であった。

「はい」

言われた嘉吉が緊張した。

「後ろをきちっと警戒しておけ」

「へい」

嘉吉が首肯した。

「女たちよ」

口調を柔らかいものに変えて、山形将左が物騒な話に怯《おび》えている女たちに話しかけた。

「なにかあったら、全員その場でしゃがみ、頭を抱えて動かぬようにせよ」

「あのう……」

一人の女がおずおずと山形将左を見た。

「なにが起こるのでございますので」

若い女が震えながら問うた。

「馬鹿どもが近づいてくるだけよ。気にせずともよい。吾はおまえたちを護るために雇われた用心棒だ。しっかり江戸まで連れていってやる」

山形将左が胸を叩《たた》いた。

「襲われる……」

別の女が泣きそうな顔をした。

「このていどで怯えていたら、とても吉原は勤まらぬぞ。吉原は女の戦場ぞ。借財を減らすには、客を摑《つか》まえねばならぬ。地獄から抜け出すには、身請けをしてくれる男を見つけなければならぬ。おぬしたちがどこから来たかは知らぬが、国でも江戸でも同じ。いい男というのは数少ない。激しい取り合いになるぞ。女同士の争いは刃物を持ち出さないだけで、戦いの本質は同じ」

山形将左が女たちを見回した。

「敗者にはなにも与えられぬ。おいしい思いができるのは勝った者だけ。肚《はら》をくくれ。そうすれば、吉原という苦界で生きていける」

「…………」

「……はい」

声を出した二人がうなずいた。

「行こう」

山形将左が一同を促した。

明るい内に宿場へ入る。そのために早め、早めの旅立ちと宿入りをしてきた。しかし、あまり日数をかけるわけにもいかない。

「古河《こが》までなんとかなりやせんか」

嘉吉が嘆願してきた。

「日暮れまでに間に合うかの」

ちらと付いてくる女たちを見ながら山形将左が難しい顔をした。

「少し急がせますで」

「無理はさせたくないが……」

山形将左が思案した。

「野木《のぎ》の宿場は小さすぎましょう。旅籠も数軒しかございません」

古河の手前半里六丁（約二・六キロメートル）に野木宿があった。しかし、すぐ近くに古河城下があるためか、野木は宿場というより寒村といった状況で、多くの旅人を受け入れられない。

「木賃宿《きちんやど》というわけにもいきやせん」

旅籠と違い、食事や夜具も自前の木賃宿は安い。ただし、板の間での雑魚寝を基本とするだけに、枕探しなどが出やすかった。

「忘八が潜りこんでいてもわからんか」

小さく山形将左が唸った。

「やむを得ぬ。少し急ごう」

山形将左が古河泊を了承した。

「さあ、歩きなさい。早く江戸へ着いたほうが、楽だぞ。足にまめを作らなくてい
い。なにより、江戸へ行けば食いものはある」

嘉吉が女たちを鼓舞した。

「白いお米が喰えるだか」

色の白い女が嘉吉に尋ねた。

「腹一杯になるかどうかは、客次第だが、一日一度は白飯を喰える」

嘉吉が応じた。

夜中に仕事をする遊女は朝が遅い。ために朝餉《あさげ》は出されず、遊女の食事は昼餉と
夕餉の二度だけである。

とはいえ、見世が用意してくれるのは昼餉だけで、夕餉はその日の客に頼んでお
ごってもらわなければならない。もっともこれは甘えられる馴染み客を持っている

そこそこの遊女であり、そんな気の利いた客などいない端女郎は別であった。

端女郎は、線香一本燃え尽きるまでをいくらという短い間で股を開く。客は遊女を買うなり、ことに励み、終わればさっさと帰っていく。遊女と酒を飲み、飯を喰うなどしている余裕などまずない。見世もそれをわかっているから、端女郎にだけは塩むすびを支給した。

「白飯なんぞ、田舎じゃ正月と秋の祭りだけしか喰えねえ」

色白の女が喜んだ。

「喰いたければ江戸へ急げよ」

「ああ」

嘉吉に諭された色白の女が足を速め、それに他の女もつられた。

「うまいもんだな」

「この商売で二十年、生きておりやす」

「それは立派だ」

並んできた嘉吉と山形将左が無駄話を始めた。

「お珍しいお方でござんすね。女衒を立派だと言うお侍さまは初めてで」

嘉吉が驚いていた。

「仕事を持っているだけで立派だろう。世のなかには働きもせず、他人からかすめ取るしかしねえ連中がのさばっているぞ」

山形将左が述べた。

「それにな。こちとらも女で喰っている。偉そうな顔なんぞできるわけねえ」

苦笑を山形将左が浮かべた。

「妾屋と遊郭は違いましょう。自らの意思で閨を仕事場にするか、借金の形に身体を売るか。こっちは借金という弱みにつけこんで……」

「止めておけ」

自らを悪く言う嘉吉を山形将左が制した。

「吉原が買わなければ、もっと質の悪いところに安値で連れていかれるだけだ。場末の岡場所なんぞに売られたら、三年も保たねえだろう」

「…………」

山形将左の言葉に、嘉吉が黙った。

「とはいえ、他人に自慢できる商売じゃねえ。互いにな。女を生活の糧にしているのは確かなんだ。なら、精一杯護るだけ」

「……へい」

嘉吉が同意した。

「そろそろ野木の宿だろう。あそこに鳥居が見えてきた」

神社や寺はよほどの場合を除いて、人里に近い。山形将左が右手を指さした。

「あれは野木神社でございましょう。あれが見えてきたら野木はすぐで」

「そろそろ戻れ」

「へい」

無駄話は終わりだと言った山形将左にうなずいて、嘉吉が女たちのほうへ下がった。

「……来たぞ」

警告の声を発して、山形将左が木の棒を振った。

甲高《かんだか》い音がして木の棒が飛んできた拳ほどの石を弾《はじ》いた。

「しゃがめ」

嘉吉が女たちに命じた。

「おまえら、女たちを囲め」

「へい」

「合点《がってん》」

配下の男たちが木の棒を手に、女たちを護るように四方に立った。

「……いくつの石を用意しやがった」

飛んでくる石を弾きながら、山形将左がぼやいた。

「うわっ」

山形将左の上を大きくこえた石が、男の一人に当たった。

「女は大丈夫か」

配下の心配をせず、嘉吉が訊いた。

「も、もちろんで」

左肩をやられた男が、手で押さえもせずに答えた。

「よし」

嘉吉が褒めた。

「一人、後ろの様子を見ろ。大丈夫だったら十間（約十八メートル）下がれ。そうすれば石は届かぬ」

　被害が出たことを知った山形将左が指示した。

「わかりやした。おい」

「…………」

　最後尾を護っていた男が、無言で走った。

「……大丈夫で」

　すぐに男が手をあげた。

「そのまま立ち上がらず……ゆっくりでいい。下がれ。決して走ろうとするな」

　うなずいた嘉吉が、女たちを屈《かが》ませたままで後退させた。

「終わりやした」

　石の届かないところまで女たちが下がったと嘉吉が報告した。

「おめえも下がっていろ」

「そういうわけにはいきやせん。女たちのことは、あっしの責」

　嘉吉が首を横に振った。

「……おいらより先に出るなよ」

肚をくくったと見た山形将左が認めた。

「くそっ」

街道の脇から西田屋の忘八だった者が姿を現した。

「ようやくか」

山形将左がため息を吐《つ》いた。

「用心棒を連れてやがったのか」

出てきた四人の忘八の先頭にいた禿頭《はげあたま》の男が吐き捨てた。

「三浦屋の旦那をなめるな。おまえたちがなにをするかくらいは、とっくにお見通しだ」

嘉吉が言い返した。

「三浦屋のやろう、同じ吉原の住人だというに、妾屋なんぞと手を組みやがって。妾屋は吉原の敵だろうが。裏切り者めえ」

禿頭の忘八が、三浦屋四郎左衛門を罵《のの》しった。

「馬鹿を言うな」

嘉吉が禿頭の忘八を怒鳴りつけた。

「吉原は大門内だけの苦界。世間様とは隔絶している。だからこそ、人が人を買う行為を許されているのだ。吉原は世間にかかわらない。だからこそ世間は吉原を無視する。手出ししてこなければ、いないものと同じ。吉原は目こぼしされてきた。それを西田屋は破った。吉原から妾屋へ襲いかかった」

「妾屋も女の生き血を啜《すす》っているじゃねえか。吉原とどこが違う。女で生きているやつは、みんな吉原の支配を受けるべきだ」

禿頭の忘八が反論した。

「おいおい、吉原と妾屋を一緒にしてもらっては困るな」

山形将左が参戦した。

「……用心棒は黙ってろ。これは……」

嘉吉から山形将左に目を移した禿頭の忘八が、途中で黙った。

「ようやくおいらの顔を思い出したか。ずいぶんと世話になったつもりだったが、忘れられたのかと思ったぞ」

山形将左が笑った。

「て、てめえ、掟《おきて》破りの浪人」

禿頭の忘八が山形将左を指さした。

「掟破りとはどっちがだ。黙って聞いていれば、勝手なことを言う。妾屋と吉原を一緒にするな。妾屋にとって女は客だ。大切に扱う。だからこそ妾番なんてものまである。だが、吉原は違う。岡場所よりはましだが、女を食いものにする。その吉原が妾屋を支配するだと。ふざけたことを……」

山形将左が憤怒した。

「やかましい。てめえ、偉そうな口を利くが、その妾屋を裏切ったじゃねえか。仲間の浪人と斬りあったのは、なかなかの見物だったぜ」

禿頭の忘八が山形将左を嘲笑《ちょうしょう》した。

「…………」

山形将左が黙った。

馴染みの遊女二人を人質にされた山形将左は、西田屋甚右衛門の走狗《そうく》となり、大月新左衛門と戦った。幸い、三浦屋四郎左衛門の手配が間に合い、七瀬と綾乃は救い出され、仲間同士の戦いは終わったが、大月新左衛門に傷を負わせてしまっていた。

「えっ、どうだ。仲間殺しの裏切り者さんよお」

口を閉ざした山形将左を追い打つとばかりに、禿頭の忘八が嘲弄《ちょうろう》した。

「はあ」

山形将左がため息を吐いた。

「まちがえているぞ。大月は怪我《けが》をしたが死んではいない。もう、その怪我も治った。美形の手厚い看護を受けてな。じつにうらやましかったわ」

「えっ」

予想外の反応に、禿頭の忘八が口を開けた。

「それにな。仲間と己の女では重みが違う。女に天秤《てんびん》は傾いて当然だろう。男と女、吾が女を選ぶのは当然。これくらい山城屋も大月もわかっていたはず。ゆえに、拙者は裏切り者ではない」

「なにをっ……」

堂々と述べた山形将左に、禿頭の忘八が唖然とした。

「さて、日のある内に古河へ着きたいのでな、おまえたちと戯《ざ》れ言《ごと》をかわすのもこれまでだ。女ども、目を閉じていろ」

山形将左が注意を発すると、手にしていた棒を槍《やり》のように投げた。

「ぐひゃあ」

最後尾で長脇差を構えていた若い忘八の胸に、棒が生えた。

「のん兵衛」

苦鳴に振り向いた禿頭の忘八が死んだ忘八の名を呼んだ。

「……てめえ……わああ」

怒りながら顔を山形将左に戻した禿頭の忘八が、目の前に迫った山形将左に気づいた。

「死んどけ」

山形将左が太刀を抜き撃った。

「ぎゃあああああ」

左脇腹から右胸へと存分に割かれた禿頭の忘八が絶叫した。

「兄い」

「ひっ」

残った二人の忘八がすがるような悲鳴をあげた。

「……残りは二人だけか。その辺りの無頼《ぶらい》を雇うかと思ったのだが……金がなかったようだな」

周囲への警戒を怠らず、山形将左が二人に近づいた。

「抵抗しなければ、痛くないよう一刀で逝かせてやる。おめえらのような連中を逃がせば、庶民が迷惑だ」

山形将左が太刀を突きつけた。

「忘八をなめるな」

「わああ」

二人の忘八が気を取り直した。

忘八は客の案内、遊郭の雑用、遊女の見張りといった役目の他に、暴れる客を押さえこむという警固も果たしていた。

客のなかには武士もいる。無頼として名の通った者もいる。それらの相手をするだけの技量と度胸が忘八には求められていた。

「死ね」

「喰らえっ」

二人が長脇差で突いてきた。

斬り損じはあっても、突き損じはない。己がやられることを覚悟して、相打ちを狙えば突き技ほど恐ろしいものはなかった。

「甘いな」

山形将左は鼻先で笑いながら、足を運んだ。重心を狂わさないよう、すり足で二歩左へずれた山形将左に忘八たちは付いていけなかった。

人は己の右へ逃げるものを追いにくい。これは右利きの者にしか通用しないことだが、得物を右手中心で扱うかぎり、避けようのない事態である。右手に得物を持った状態で、右へ逃げる敵を追うには、身体を大きく開く形となってしまい、武器に力が入らなくなる。

「剣の理を学んでいないからだ」

山形将左が諭しながら太刀を振るった。

「ぎゃっ」

「わあああ」

上から右袈裟《みぎけさ》に、返す刀で逆袈裟に斬られて、二人の忘八が死んだ。

「旦那」

嘉吉が駆け寄ってきた。

「手伝え。こいつらをその辺の草むらに捨てる。女たちに見せるわけにはいかぬだろう」

山形将左が太刀を拭《ぬぐ》いながら命じた。

「へい。おい。一人来い。残りは辺りを注意していろ」

嘉吉に指示を出し、四人の死体を始末した。

「……目を閉じたままで歩け。おい、おまえたち、その棒に女たちをつかまらせてやれ」

死体はなくなっても血は残る。現場から遠ざかるまで、女たちの手を引いてやれと山形将左が指図した。

「……手間取ったな。日が暮れてきた」

野木宿を通過したところで、日が山の向こうへと姿を消した。残照が街道を照らしているが、徐々に暗くなっていく。

古河に入るころには、提灯《ちょうちん》が要るほど暗くなっていた。

「疲れた」

旅籠に入り、風呂で身体をほぐした山形将左は盃を持ち、窓際に腰掛けて天を見上げた。

「またぞろ月見の紋日が来るな」

中天に半月が輝いていた。

「二人分の揚げ代で今回の報酬は飛ぶな」

山形将左が嘆息した。

「残す相手もないからな。金を貯めてもしかたねえ。女で稼いだ金だ。女に遣うのが筋というものかも知れねえ」

小さく山形将左が呟いた。

「稼いで貢ぐ相手が一人に決まっただけで、大月も同じだな。やはり男は女のためにあるというところか」

山形将左は苦笑した。

「……あれからちょうど八年か。あのときも中秋の名月前だった。葛城《かつらぎ》の山に浮かんだ月がやけに青白かった」

思い出すように山形将左が口にした。

「秋は合わねえ。風が寂しすぎて、忘れていたことを思い出させやがる」

山形将左は酒をあおった。

第二章　冬の章

冬こそ妾屋が忙しい時期であった。

男たちが独り寝の夜具の冷たさに気づくからであった。

「邪魔をしますよ」

山城屋の暖簾をあげて贅沢《ぜいたく》な身形《みなり》の商人が入ってきた。

「いらっしゃいませ」

帳面を見ていた山城屋昼兵衛は上《あ》がり框《がまち》まで応対に出た。

「ここは妾屋だな」

「さようでございますが……」

横柄な言いかたをする壮年の男に、昼兵衛は首をかしげた。

「畏れいりますが、お名前を伺っても」

「儂《わし》の顔を知らぬのか」

問うた昼兵衛に壮年の商人が驚いた。

「いたりませぬが、初めてのお客さまでは、ちょっと」

昼兵衛が頭を下げた。

「これだから、場末のお店は……」

壮年の商人がわざとらしいため息を吐いた。

「わたしの顔くらい覚えておきなさい。神田《かんだ》駿河町《するがちょう》で漆器を取り扱っている会津屋《あいづや》朔右衛門《さくえもん》だよ」

「会津屋さまでございますか」

首をかしげながら昼兵衛が繰り返した。

「まさか、大奥出入りの会津屋を知らないとでも言う気かい」

「あいにく、漆器のような高価なものに縁がございませんで」

目を剝《む》いた会津屋に昼兵衛が申しわけなさそうに告げた。

「…………」

会津屋が昼兵衛を睨《にら》みつけた。

「……まあいい」

会津屋が大きく深呼吸をして落ち着いた。

「ご用件は」

昼兵衛が問うた。

「妾屋までわざわざ来たんだ。妾を紹介しなさい。聞けば、山城屋の妾は皆上等だそうだね。この会津屋にふさわしい女もいるだろう」

「どうしてわたくしどもへ」

妾屋という商売は信用で成り立つ。男にとって秘めたい閨ごとをあからさまにするも同然なのだ。どのような女が好みで、どのような趣向の行為をするのかなど、下手をすれば脅迫のもとにされてもおかしくないことを知られてしまう。

大店にとって致命傷になりかねないだけに、絶対の信頼がなければ出入りはさせられないのが妾屋であった。

「どなたさまかのご紹介でも」

「いいや。大奥出入りの商人たちが集まっての宴席で、そなたの名前が出てな。嵯峨屋、伊豆屋《いずや》、奥州屋たちが、えらく褒めておった」

「嵯峨屋さま、伊豆屋さま、奥州屋さま。ごひいきにいただいております」

会津屋が口にしたのは、山城屋の得意先ばかりであった。

「それとなく話を聞いていると、山城屋から斡旋された妾は、皆、誠心誠意仕えてくれるだけではなく、閨ごとも絶妙だというじゃないか」

「できるだけご要望に応じた者をお世話するようにいたしておりまする」

褒められて悪い気のする者はいない。昼兵衛も胸を張った。

「歳は二十四、五まで。色白で面長、目は細く、髪は黒くなければならん。身体つきは、太っておらず、痩せておらずで、毛深くない女を望む」

会津屋が条件を口にした。

「あいにくではございますが、わたくしどもでは、いきなりのご紹介はいたしておりませぬ」

「嵯峨屋、伊豆屋、奥州屋の紹介では不満か」

ぐっと会津屋が声を低くした。

「いえ、ご紹介の皆様には、お世話になっておりまする」

昼兵衛は首を左右に振った。

「ではなにが不満だ」

会津屋が理由を要求した。

「……会津屋さまがどのようなお方か、わたくしは存じませんので」

「どういう意味だ」

昼兵衛の言葉に、会津屋が首をかしげた。

「わたくしがご紹介するのは、妾でございまする。男と女がもっとも触れあう閨ごとをかわす相手。男にとって妾がどのような女か気になるように、女にとって旦那となる男がどのようなお方か不安でございまする」

「ふむ」

顎で会津屋が先を促した。

「金払いはいいのか、閨で無理をさせないか、身体に傷を付けたがらないか、旦那が来ていないときまで拘束されないか、子供ができたときはちゃんと面倒見てくれるのか、別れ際はどうしてくれるのか。女たちは心配を抱えておりまする」

「奉公に来るのだぞ。そのような考えは分不相応だ」

語った昼兵衛を、会津屋が鼻先で笑った。

「妾は普通の奉公人と違いまする」

厳しく昼兵衛が断じた。

「どこが違う。金をもらって仕事をするのは同じであろう」

会津屋が反論した。

「そうではございますがね。妾は旦那の精を身体に受け付けるのでございまする。男と女がやることをやれば、子ができるのは当然。そして腹に子ができて、苦労するのは女でございますから」

昼兵衛が述べた。

「ではなにを知りたいのだ。会津屋がどれだけの大店かは、聞かずともわかっているだろうが」

「上辺だけでございますが」

「……なんだと」

外から見るぶんには大店だと言われたに等しい。会津屋が不機嫌な声を出した。

「羽振りのよいお店が、内情は火の車だというのはどこにでも転がっているお話でございましょう」

昼兵衛は淡々と語った。

「客も多く、売り上げもある。だが、その裏で当主あるいは跡継ぎが博打に手を出して、面倒なところに多額の借財がある。あるいは、無理な商いが足を引っ張り、金が足りなくなっている」

「…………」

会津屋が黙った。

「妾奉公に出たはいいが、やられるだけやられてから店が潰れ、手切れ金どころか、お手当さえもらえないとなっては、踏んだり蹴ったりではありませんか」

妾は店に近づかない。いや、近づけない。店には旦那の正妻がいるのだ。主人とはいえ、正妻には遠慮しなければならなかった。うかつに店へ入りこんで、正妻の怒りに触れれば、妾なんぞ抵抗するまもなく首になる。それは店の状況を知る手段がないのと同じである。客足が落ちている、売り上げが足りていない、信用していた番頭が帳簿をごまかして金を横領していたなどに気づけない。

危ないとわかっていれば、さっさと手切れ金をもらって逃げ出せるが、わかっていなければ対応ができない。それこそ、主一家が夜逃げしてから気づくことになる。どころか、下手をすれば、主の無理心中に巻きこまれるときさえある。実際、店がどうにもならなくなった旦那が妻と子を逃がした後、気に入りの妾を刺し殺してから首を吊《つ》った事件もある。

「妾を巻きこむような状況はまずいとおわかりいただけましたか」

「それはわかったが、いったいなにをしようと」

会津屋が怪訝な顔をした。

「申しわけございませんが、会津屋さんの内情を調べさせていただきます」

「どうやってだ。まさか、帳簿を見せろと言うつもりか」

険しい口調で会津屋が詰問した。

帳簿は店の命であった。どこの店になにをいくらで売ったかを知られれば、それに対抗される。

「会津屋さんがこの金額でこの品物を納められたのなら、うちはこの品物と同じものを会津屋さんより安い価格でお譲りしましょう」

競合店がこう言い出すのはまちがいない。

「ならば、お願いしましょうかね」

親の代からとか、つきあいが長く互いに気心が知れているなどでなければ、商いは儲けを得られるほうに傾く。

よほどの大店でも、帳簿を奪われれば、回復不能なほどの打撃を受けた。

「もちろんでございまする。帳簿など拝見いたしませぬ」

昼兵衛が否定した。

「どうするのだ」

「商いの秘密でございまする。ご勘弁を」

問うた会津屋に昼兵衛が頭を垂れた。

「金なら、先払いをしてもよいぞ」

会津屋が条件を出してきた。

「お金の問題だけではございませんので」

昼兵衛が手を振った。

「いつまでかかる」

「さようでございますな。まず十日はちょうだいいたしまする。場合によっては、さらに延びるときも」

「延びるとき……」

「江戸以外にお店をお持ちのときでございますな」

「出店《でみせ》にも人をやるのか」

　会津屋が驚愕《きょうがく》した。

「本店は安泰でも、出店が足を引っ張るときもございましょう。出店が、そこの大名家ともめて、闕所《けっしょ》にでもなれば、本店も影響を受けますする」

　闕所とは財産すべての没収を意味する。刑罰の一つとして設けられており、基本死罪、遠島《えんとう》、所払いなどの付加刑として与えられた。闕所は、出店から本店へ納められたものまで及ぶ。出店の儲けを本店が受け取っていたならばその金を、出店から納品された品物も闕所の対象となり、罪を言い渡した幕府、あるいは大名のもとへ強制収納された。

「金と手間がかかるではないか」

「決まりでございますれば」

　昼兵衛が当然のことだと、あきれた会津屋へ言った。

「その費用は誰が持つ」

「わたくしでございますが」

商売人として当然の疑問を投げかけた会津屋に、昼兵衛が素直に答えた。

「女の紹介料に上乗せせんのか」

会津屋が驚いた。

商売は原価に経費を足し、それに儲けを乗せて成り立つ。昼兵衛のやりかたは、まともな商人のものではなかった。

「上乗せなんぞしなくても、十分に儲かりますので」

昼兵衛が口の端をつり上げた。

「それは……」

「商いのこつを他の商人に明かす馬鹿はおりませんよ」

質問しようとした会津屋を昼兵衛が封じた。

「ということで、一度お帰りを願えますか。会津屋さんの場合、地方の出店はお持ちでないので、十日ほどでお返事できるかと思いまする」

「十日後に来ればよいのだな」

「とんでもない。こちらから行かせていただきますとも。お店のお方に山城屋という人入れ屋が来るとだけお話しくださいませ。でなくば、お目にかかるのに手間がかかりますので」

大店になればなるほど、奉公人の教育は厳しくなる。約束なく、主に面会を求める者など、慇懃無礼《いんぎんぶれい》な態度で追い返すくらいのことはしてのけた。

「わかった。十日だな。できるだけ急げ。儂の気が変わる前にな」

会津屋が暖簾を手で跳ね上げて、出ていった。

「やれ、捨て台詞《ぜりふ》を残していく意味はございませんのに」

昼兵衛が嘆息した。

「どれ、ちょっと出かけるとしますか。誰か二階におられますかね」

腰をあげた昼兵衛が、店の奥にある階段から声をかけた。

「あいな。なんでござんすか」

二階から若い女が顔を出した。

「お秋《あき》さんかい。ちょっと出てくるから、店番をお願いしても」

「はあい」

昼兵衛の願いに、秋が応じた。

「お客さまがお出でになったら、主は半刻（約一時間）ほどで戻りますとお願いします」

「半刻でござんすね。あいあい」

応答を教えた昼兵衛に、秋がうなずいた。

店を出た昼兵衛は、路地を伝って小さな長屋の多い浅草門前町の外れへと向かった。

「あの騒動以来、奉公人を置いてませんが、やはり不便でございますね」

歩きながら昼兵衛が独りごちた。

吉原の西田屋甚右衛門との戦いで、山城屋は妾志望の女に化けた遊女によって放火されて、全焼した。

「女を見抜けなかったのは、わたくしの失敗」

その女が妾志望ではなく、なんらかの意図を持っているとはわかっていたが、まさか火を放つとまで昼兵衛は読み切れなかった。

「まだまだ妾屋として未熟。一人前でない妾屋が奉公人を使うなどおこがましい」

実際は、奉公人たちが戦いに巻きこまれるのを避けるためであったが、表向きの理由をこうして昼兵衛は番頭や手代を解雇した。

「引き金は十分に渡しましたし、次の奉公先も紹介したので、今更帰ってきてくれとは言えません」

気心の知れた奉公人は、しっかり別の店で働いている。

「店番ができれば、それでいいのですが……」

昼兵衛は思案しながら足を進めた。

「……おっと行き過ぎるところでした」

目的とする長屋の入り口を昼兵衛は見逃しかけた。

「海老蔵《えびぞう》さん、いるかい」

昼兵衛は、古びた長屋の一軒を訪れた。

「山城屋さんですかい。どうぞ、開いてやすよ」

なかから許可が出た。

「ごめんよ」

穴の開いた戸障子を開けて、昼兵衛は土間へ入った。

「相変わらず、足の踏み場もないねえ。少しは片付けたらどうなんだい」

昼兵衛は、部屋の汚さにあきれた。

「違いますよ。これは散らかってるように見えて、しっかりどこになにがあるかわかっているんでさ」

長屋の床に置いた紙に、筆を走らせている海老蔵が言い返した。

「片付けられない男は、全員そう言うんだそうですよ。女たちが嫌そうな顔で口にしてました」

昼兵衛が上がり框にあふれていた反故紙《ほごがみ》を手で除《よ》けて、腰を下ろした。

「なにかおもしろいことでもありましたか」

一生懸命に書きものをしている海老蔵に、昼兵衛が問うた。

「柳橋《やなぎばし》の名妓《めいぎ》艶奴《つややっこ》が、落籍されたんでやすよ」

「ほう。艶奴さんを身請けした旦那が」

海老蔵の説明に、昼兵衛が驚いた。

「柳橋の芸妓筆頭と呼ばれる売れっ子を落籍させるとは、お大尽だねえ。どこのどなただい」

昼兵衛は興味を持った。

「両国《りょうごく》に店を持つ札差《ふださし》の安房屋《あわや》でさ」

札差とは、旗本や御家人に支給される禄米、扶持米を換金する商売である。換金の手数料を表向きの収入としているが、そのじつは旗本、御家人に禄米などを形《かた》に金を融通して利子を取る高利貸しであった。

「安房屋さんか。それなら納得だね。たしか十年前にも吉原の太夫を手生けの花にしたと思ったけど」

昼兵衛が首をかしげた。

吉原の太夫は、見た目だけでなく教養も高い。文字が書けるだけでなく、詩歌、茶道、華道から算勘にまで通じている江戸を代表する美姫である。その稼ぎは年間千両をこえると言われ、身請けするには数千両という金が要った。

「あの女には、浅草で小間物屋を一軒持たせて、手切れをしたそうで」

「店を一軒とは豪儀なことだ」

小間物屋は、櫛《くし》や笄《こうがい》、白粉《おしろい》、紅などを扱う。女相手の商売で、客が付けば安定した稼ぎを出した。

「身請けに数千両、店を出させるに数百両。それだけの金を遣っても、まだ柳橋の名妓を落籍させられるとは、さすがだね。札差は」

昼兵衛が感心してみせた。

「艶奴さんはいくらだい」

「はっきりとはしてやせんが、千両はくだらないはず」

身売りで遊女になった女には借財がある。身請けするには、この借財の返済とこれから稼ぐであろうぶんの賠償、さらに太夫に育てるためにかかった習い事の月謝代、衣装の仕立てなどの経費を含めた金額がかかった。

対して柳橋の芸者は自前が多く、借財があったとしても吉原の遊女ほどではない。また、衣装の手配も芸者自らがするため、置屋への借りは少ない。まず習い事の月謝と今後の儲けの補償さえすればすんだ。

「吉原に比べれば安いが、それでも千両かい。無駄遣いでしかないねえ」

昼兵衛が嘆息した。

「妾ならば、月に一両もあればすむ。飽きたとて、わずかな退《の》き金をやるだけでいい。いかに金があるといったところで、こんなまねを繰り返していたら蔵の床が見えるようになる日も近いね」

「安房屋は、目立ちたがりでござんすからねえ。こうやって読売《よみうり》に名前が出るのをなにより喜びますから。それが悪口でも」

「……変わったお方だ」

昼兵衛が処置なしだとあきれた顔をした。

「ところで、山城屋さんがお出での理由をお聞かせいただけやせんかね」

書き終えた海老蔵が尋ねた。

「ああ、そうだったね。調べを頼みたい。会津屋さんだ」

「会津屋と言いますと、神田駿河町の」

依頼を口にした昼兵衛に、海老蔵が確認した。

海老蔵は浅草付近を縄張りにする読売の書き屋である。大名家の内紛から、どこそこの女中が手代とできて子を孕んだまで、いろいろなことを調べ上げるのを仕事としていた。

「お願いできるかい。とりあえず、手付けとして二両。終わったらもう二両」

「喜んで」

日当のよさに海老蔵が二つ返事で引き受けた。

「頼んだよ」

昼兵衛は金を置いて、海老蔵の長屋を出た。

「……そろそろお昼時分だねえ。味門《あじと》で食べてから戻るとしようかね。お秋さんには、握り飯でも買って帰ってあげれば、怒りもしないだろう」

勝手に決めて昼兵衛は店への帰途にある一軒の煮売り屋へと足を運んだ。


「おや、山城屋の旦那」

暖簾を割った昼兵衛に、煮売り屋味門の女将《おかみ》が気づいた。

「空いてるかい」

昼兵衛が奥の座敷を見た。

「山形先生がお出でですよ」

「それはちょうどいいね。ご一緒させてもらうとしよう」

女将の答えに、昼兵衛が手を打った。

長門《ながと》から出てきた板前の主人とよく肥えた女将がやっている煮売り屋で、空き醤《しょう》油樽《ゆだる》を腰掛け代わりに使った土間席と、調理場の奥に薄縁敷きの小座敷だけの小店である。よい酒を準備しているうえ料理の味がよいことから評判となり、味の長門屋が縮められて味門と呼ばれるようになった。

「おう、山城屋。昼飯か」

小座敷で酒を呑んでいた山形将左が手をあげた。

「ご一緒させていただいても」

「大歓迎だ。一人で呑むのもいいが、話をしながらもおつなものよ。まあ、座りな」

山形将左が、向かいの敷物を示した。

「吉原のお帰りですか」

座りながら昼兵衛が問うた。

「昨日は朔だからな。紋日は行ってやらなきゃ、間夫《まぶ》とは言えねえ。まあ、一ついこうじゃねえか」

盃を差し出しながら、山形将左が苦笑した。

紋日とは吉原が独自に決めた行事のある日のことだ。月初めの朔、衣替え、月見、花見など大量にあり、この日は遊女の揚げ代が倍になる。客が付かない日の揚げ代は遊女にのしかかるのが吉原の決まりである。紋日に行ってやらなければ、遊女の負担は大きくなり、年季明けが遠くなる。間夫と呼ばれる遊女の好いた男を自負する者は、借金をしてでも吉原へ通わなければならなかった。

「今更、紋日もございませんでしょうに。山形さまのお馴染みさんは、もう身売り証文を巻いているのでございましょう」

身売り証文を巻くというのは、借財を清算したとの意味になる。借金の形に売られた女が、己の身体を買い戻すことで、吉原を出て郷へ帰るなり、江戸で生計を立てるなりできる。が、遊女に身を落とした女の居場所は少なかった。郷に戻っても、白眼視されるだけでまともな扱いはされない。江戸で生きていこうにも身体を売るしか能のない女に、生計《たつき》の道はそうない。結果、自前になってからも、夜具の損料を見世に支払うことで遊女を続けていくのが普通であった。

「あいつらが決めることだからな。こちらとしてはいつでも責任は取るつもりでいるのだが……まあ、それまでは間夫として、すべきをするだけよ」

ぐっと山形将左が盃をあおった。

「男でございますなあ」

昼兵衛も酒を干した。

「飯と根深汁《ねぶかじる》に、浅蜊《あさり》の煮付けを。あと、帰りに握り飯を三つほど頼むよ」

「ところで、店はいいのか。今は奉公人がいないんじゃねえか」

注文をすませた昼兵衛に山形将左が尋ねた。

「お秋さんに店番をお願いして参りました」

「秋か。あいつは賢い女だ」

ならば安心だと山形将左が認めた。

「飯だけ喰いに出てきたのか。普段ならば、店で弁当だろう」

山形将左が普段の昼兵衛の行動とは違うと首をかしげた。

「わたくしでもたまには、冷えた弁当以外を食べたくなりますよ。もっとも今日は、海老さんのもとへ用があったついでですが」

昼兵衛が答えた。

「海老のところかい」

山形将左の目が細くなった。

「新規のお客さまがお出でになりましてね」

お待ちどおさまと置かれた膳《ぜん》に箸を伸ばしながら昼兵衛が告げた。

「このご時世に、妾をお求めとは、ずいぶんと豪儀なことだ」

酒の肴《さかな》にと注文していた鰯《いわし》の生姜煮《しょうがに》を山形将左が、手づかみで口に運んだ。

「こんなご時世だからでございますよ。吉原で一夜妻を愛《め》でるよりも、妾のほうが安く付きますから」

盃を置いて、飯を口に運んだ昼兵衛が述べた。

「吉原はたしかに高いが、月に二度ほどなら妾を雇うよりも安いだろう」

山形将左が口にした。

「冬でございますよ、今は。海からの寒風が骨まで凍えさせる時期で」

「女は湯たんぽ代わりか」

昼兵衛の言い分に、山形将左があきれた。

「湯たんぽ代わりどころじゃありませんよ。大きさがまず違う。湯たんぽだと足先だけですからね、温かいのは。対して女は抱いてよし、背中を預けてよし。夜具のなかで震えることはなくなりまする」

汁を啜って、昼兵衛が続けた。

「それに湯たんぽは固いですが、女は柔らかい。どこを触っても気持ちが安らぎまする」

「たしかに、そうだな。女を抱いていると、心が落ち着く」

山形将左も合意した。

「かといって、毎晩吉原や、岡場所へは行けませんでしょう。太夫や格子を買えるほどの金があるなら別ですが、安いちょんの間女郎ならば、線香一本燃え尽きるまでで一仕切り。やることをやったら、遊女屋を追い出されるだけ。それこそ夜風が身に染みましょう」

昼兵衛が首を左右に振った。

ちょんの間、あるいは端《はし》と呼ばれる遊女は、揚げ代が安い代わりに回しを取る。一夜に数人から十人の客を相手する。一夜中買い切ることもできるが、線香一本分の時間でいくらという勘定では、かなりの金額になってしまう。一夜、女と一緒にぬくぬく寝るためとはいえ、十回以上抱くことのできる金を費やすのは、庶民の男にとって無駄遣いにしかならない。

「太夫や格子となるともっと大変で」

遊女屋を代表する太夫や格子ともなれば、一夜の買い切りが普通になる。代わりにしっかりと代金はかかった。

太夫だと一夜に十両、格子でも二分以上はかかる。天下の美女と一カ月添い寝するには、三百両からの金が要る。三百両は、庶民が二十五年以上生きていける大金であった。格子でも三十両は要る。

「それが妾だと、よほどの女でも月に五両も出せばいい。住むところと世話をする女中を一人付けても、七両から八両。食事や衣服なんぞ足して十両もあれば十分。これで毎日、温かく柔らかい女を抱いて冬をこせる」

昼兵衛が笑った。

「たしかに破格だ」

山形将左も歯を見せた。

「新規が来るのは、季節のせいか」

妙な感心の仕方を山形将左がした。

「当然、夏は減りますな。寝苦しい夜に、女が隣でとなるのは辛《つら》いですからね」

「身も蓋もねえな。冬にはありがたいが、夏には迷惑。こたつと同じか」

昼兵衛の説明に、山形将左があきれた。

「まあ、妾の場合、嫌なら通わなければすみますからね。お手当金だけ忘れなければ、文句は言いませんし」

「その点、吉原の遊女はうるさいな。しばらく顔を出さなければ、恨み言を書き連ねた手紙が来る」

遊女は客に来てもらっていくらなだけに、月に何度かは顔を出してやらなければ、泣きつかれる。それこそ一つの季節に一度も行かないなどすれば、久しぶりの登楼で振られかねない。

これは吉原だけの風習だが、遊女には客を振る権利が与えられていた。もちろん、世間で言うところの振るとは意味が違う。客として迎えるが、させることをさせない。これを吉原では振ると言った。遊女の怒りを表す行為であり、これに腹を立てて帰るだとか、無理矢理にいたすなどすれば、見世の出入りを禁じられた。もちろん、させないだけで同衾《どうきん》はするため、客は遊女屋へ揚げ代を支払わなければならない。

あからさまなねだりだが、男は女の機嫌を取りたがるものだ。

「あるていどの金があれば、妾は吉原に勝ります」

「だから、西田屋甚右衛門は妾屋を支配下に置きたかった」

西田屋甚右衛門は吉原創始の庄司甚内《しょうじじんない》の子孫で、吉原惣名主を務める名見世の主であったが、妾屋支配の第一歩として山城屋を襲い、返り討ちに遭った。

「はい」

山形将左の言葉に、昼兵衛がうなずいた。

「さて、そろそろ帰りますか。あまりほったらかしておくと怒られますので」

土産《みやげ》の握り飯を手に、昼兵衛が味門を後にした。


会津屋の調べは三日で終わった。

「旦那」

海老蔵が山城屋へ顔を出した。

「わかったかい」

昼兵衛が話を求めた。

「へい。会津屋は喰わせ者ですぜ」

板の間にあがった海老蔵が首を横に振った。

「店が左前になっている……」

　商売人は世間体を気にする。店が赤字なのに、わざと派手に吉原で遊んでみたり、店を大きくしたりする。見栄《みえ》を張らなければ、見透かされてしまうと考えるのか、身につけている衣服やたばこ入れなどの小物にこっていることも多かった。

「店は繁盛でござんす。一日、客の出入りを数えてやしたが、すさまじい商いでござんす」

　海老蔵が感心した。

「では、なんだい」

「妾でやすよ。こちらさんが初めてのような顔をしてやせんでしたかい」

「そうだったね。妾屋のしきたりなんぞもまったくわからないといった風ではあった」

　問われた昼兵衛が思い出した。

「ところがどっこい、先代から出入りしている妾屋がござんした」

「はて、それだとしきたり破りになるねえ」

　妾屋は信用商売である。他の店の顧客を取ることは、厳禁とされていた。また、妾屋の客が他へ移るのもいい顔はされない。

「それがならないんでござんすよ」

「ならない……となると一つだけだねえ。会津屋さん出入りの妾屋が潰れたとき。となると、伏見屋《ふしみや》さんかい」

「さすがは旦那だ」

あっさりと結論に達した昼兵衛に、海老蔵が感嘆した。

「伏見屋さんは、去年の冬に暖簾をたたまれた。たしか理由は田舎に帰るだったけど」

妾屋には二種ある。江戸近郊の女を扱う店と、京、大坂などの上方女を扱う店であった。伏見屋はその名前からわかるように、上方から江戸へ来る妾を斡旋していた。

東男《あずまおとこ》に京女という言い回しがあるように、上方の妾は江戸で人気が高い。また、遠く東海道を下って江戸まで来る女が少ないというのもあり、伏見屋のように上方の女を扱う店は、どこともも繁盛していた。そのためか、伏見屋が廃業するとなったときは、かなり話題となった。

「あのとき不思議には思ったんだけどねえ。伏見屋さんほどにもなると、廃業しなくても店を続けていくことはできたはずなのに、誰にも店を継がさず、顧客名簿をどこかに売ることもなく、江戸を去っていかれた。伏見屋さんの顧客だから、江戸女より京女をお好みで、相手を探すのは面倒だけど、顧客名簿の値打ちは高い。顧客名簿を売るだけで、生涯食べていけるくらいの金にはなるだろうに」

昼兵衛が思い出していた。

「どうしやす、そっちも調べやすか」

「そうだねえ。お願いしようか。お金は出来高でいいだろう」

「出来高でとは厳しい」

海老蔵が顔をしかめた。

出来高だと海老蔵の調べてきた内容が、どれほど昼兵衛にとって意味があるかで変わる。十両になるときもあれば、それこそ一分で終わるときもあった。

「どうせ、読売として書くのだろう」

「……お見通しでやすな」

海老蔵が頭を掻《か》いた。

「伏見屋さんのこと以外で、会津屋さんになにか問題はあるのかい」

「問題というかどうか。伏見屋から紹介された京女を未《いま》だ囲っておられるくらいで」

確認された海老蔵が告げた。

「まだ前の妾がいるのに、新しい女を欲しがる。飽きたならば、前の女と手切れをするだろうし……」

妾は浪費でしかない。囲う限り金が要った。

「年季が残っているけど、今更通うほど気に入っちゃいないのでは」

「それはおかしいよ。妾に飽きたら、年季分の金を先払いしてでも手切れするほうが得なんだ。妾に付けている女中の給金、家賃が要らなくなるだろう」

海老蔵の推測を昼兵衛は否定した。

「そこは調べやしょう。お金はまだありやす」

追加料金は不要だと海老蔵が言った。

「店は大丈夫なんだね」

「繁盛してやす」

もう一度会津屋の内証を問うた昼兵衛に、海老蔵が首肯した。

「お世話になりました」

「心から旦那を慕うんだよ」

冬に入って妾の需要が増え、山城屋の二階でたむろしていた女たちも次々と奉公先を決めて、出ていった。

「多和《たわ》どのもよいところが見つかってよかった」

奉公先が用意した妾宅へと向かう女を見送った大月新左衛門が喜んだ。

「さようでございますな」

帳面を認《したた》めながら、昼兵衛も同意した。

「大月さまには、こちらをお願いいたしたいのでございますが」

昼兵衛が帳面を繰った。

「妾番か。久しぶりだな」

大月新左衛門が身を乗り出した。

妾番とは、美貌を誇る女や尻軽な女を妾にした旦那が、その浮気を防ぐために付ける用心棒である。店の用心棒と違い、身持ちが堅くないと務まらず、山城屋でさえ、大月新左衛門と山形将左の二人しかいなかった。

「近いな。雷門前《かみなりもんまえ》の薩州屋《さっしゅうや》どのといえば、唐物問屋で金満で知られている。妾宅はどこだ」

大月新左衛門が帳面に記載がないと昼兵衛に問うた。

「店なんでございますよ」

「それは珍しい。本妻どのはなにも言われぬのか」

妾は闇だ。表にあたる正妻への遠慮は必須であった。

「本妻さまはおられないんですよ」

「いない……」

大月新左衛門が怪訝な顔をした。

「薩州屋さんは、鹿児島が本店で、江戸店の主はそこからお出でになるのでございましてね。江戸店の主は国元に奥さまを置いてこられるのが決まりだとか」

「それはまた、なんとも……」

「江戸店を独立させないためでしょうな」

「……なるほど」

納得した言葉を発しながらも、大月新左衛門の態度はその逆であった。

「江戸店を預けられてる間だけの女、それをお求めで」

「だったら遊郭へ行けばいいだろうに」

吉原は別にして、その辺の岡場所ならば好きなときに気に入った女を抱ける。金さえ払えば、同時に二人、三人を呼ぶこともできた。

「その辺の事情まではさすがに……おそらく、妾番と同時に用心棒を雇うと考えているのではないかと」

「二人雇うより一人ですませようと。それはどうなんだ。妾番の仕事ではないぞ」

「その分、日当もよろしゅうございますよ」

金払いは大丈夫だと昼兵衛が言った。

「……それでも余計な責任は」

店の用心棒となれば、夜回りもしなければならなくなる。妾番は、旦那が来ればお役御免というか、自室で眠れる。当たり前だ。妾番の仕事は浮気を防ぐことで、旦那との閨の番はしなくていい。

「行ってくださいますね」

二の足を踏んでいる大月新左衛門に、昼兵衛が迫った。

「仕事はする。せねば喰えぬ」

念を押した昼兵衛に大月新左衛門が断言した。

禄をもらえる武士と違って浪人は庶民として働いて日当を稼がなければ生きていけない。大月新左衛門が折れた。

「ご安心を。五日に一回は休みを取れるようにしておきましたから」

「端《はな》から、拙者にさせるつもりだったな」

条件を増やした昼兵衛に、大月新左衛門があきれた。

「一カ月やれば、二両二分になりますからね。それだけあれば、ちょっとは楽ができましょう。八重さま、つわりだとか」

「耳が早いな」

大月新左衛門が、妻の状態を昼兵衛が知っていることに驚いた。

「身内みたいなものですからね。気にかけて当然でございましょう」

理由など要らないと昼兵衛が返した。

「かたじけなし」

昼兵衛の気遣いに、大月新左衛門が頭を下げた。

「お礼を言われるほどのことじゃありませんよ。大月さまに恩を売っておいて、損はありませんから」

言いながら昼兵衛が横を向いた。


「二階から人が消えたかい」

行き先が決まっていなかった女たちも次々と奉公先を見つけ、山城屋の二階から出ていった。

「少し留守にしても大丈夫だろう」

昼兵衛は暖簾を下ろし、店の戸障子を閉めた。

「伏見屋さんのことを聞いてみようかね」

あれから五日になるが、まだ海老蔵は報告に来ていない。あまり長く会津屋を待たせるのはまずい。会津屋は山城屋の得意先と親しい。

「全然、まともに相手をしてくれない」

などと文句を言われたら、紹介ではないとはいえ、得意先の面目にかかわる。

昼兵衛は、少しでも事情を知るために、顔馴染みの京女を扱う妾屋の四条屋《しじょうや》を訪ねた。

「伏見屋さんのことかい。こっちもわかっていないのだよ」

問われた四条屋が嘆息した。

「店を閉めると聞いたときに、帳面を譲ってくれと交渉したんだがね。もう焼いてしまったの一点張りでね。あっさりと江戸から消えていったよ」

四条屋が首を横に振った。

「帳面を焼いた……」

あまりのことに昼兵衛も呆然とした。

妾屋の帳面は、得意先だけでなく、奉公を求めてきた女たちのことも書かれている。どちらも容易に手に入れられるものではない。

当たり前だが、妾を欲しがっているなどと世間に言って回る者はおらず、旦那を探していると書いて歩いている女もいない。

どうやって客と妾志望の女を探すかは、妾屋が抱える最大の悩みと言えた。

それだけに上客、女の詳細が記されている帳面は貴重なものだ。店をやっている間は、子飼いの番頭にさえ見せないというところも多い。まちがえても同業者に明かすことはない。

帳簿に載っている得意先、女の質がよければ、千両以上で売り買いされるときもある。それを燃やすなど、金をどぶへ捨てるのと同じであった。

「伏見屋さんは、おいくつでしたか」

「たしか、来年還暦だと聞いた覚えがある」

尋ねた昼兵衛に、四条屋が答えた。

「京の方でございましたかね」

「先代は。京伏見の酒蔵の三男だったが、当代は江戸で生まれて江戸で育ち、京には仕事でしか行ったことはないはずだ」

「その御仁が、住み慣れた江戸を去る。どこへ引きこむにせよ、金は要るでしょうに、帳面を売らずに焼いて……」

ますます昼兵衛は混乱した。

「山城屋さん。ところでどうして伏見屋さんのことを気にしているのかね」

「もと伏見屋さんの客だったというお方がお見えでございましてね。どのようなお人か、知りたいと考えたのでございますよ」

問われた昼兵衛は目的とは違うが、偽りでもない答えを口にした。

「伏見屋さんの客が、そちらに……珍しいね。京女好きのお方は、東女を気になさらないことが多いのに」

「たまには変わったものを食べてみたくなられたのでしょう」

昼兵衛が推測を口にした。

「女の好みは、そうそう変わるものではなかろう」

四条屋が首をかしげた。

「蕎麦《そば》に飽きたから、うどんというときもございましょう」

「喰いものと女が一緒になるかい」

たとえた昼兵衛に、四条屋があきれた。

「しかし、伏見屋さんの客が山城屋さんへとは珍しいね。伏見屋さんを使っていたという旦那も女もうちか、相模屋さんへお出でなのに」

四条屋が不思議そうな顔をしてみせた。

山城屋は妾屋として名代だが、規模が大きいわけではなく、どちらかといえば知る人ぞ知るといった店である。一見客《いちげんきゃく》が訪れるようなことはまずなかった。

「どうしてなんでございましょうかねえ。ああ、お忙しいところ、お邪魔をいたしました。わたくしはこれで」

それ以上訊かれるのは面倒だと、昼兵衛は四条屋を辞した。

「おかしすぎますね。面倒なことにならなきゃいいですが……」

店へ帰りながら、昼兵衛は目つきを厳しいものにした。

「あれは、海老じゃないかい」

辻を曲がった昼兵衛は、閉まっている山城屋の前でうろうろと落ち着かない態度の海老蔵を見つけた。

「海老さん」

「あっ、山城屋の旦那」

声をかけられた海老蔵が、昼兵衛へ駆け寄ってきた。

「どうしたい。ずいぶんと急いでいるようだが」

「お、表で話せることじゃございませんせん、なかへ」

海老蔵が真顔で他聞をはばかると言った。

「……ちょっと待っておくれ」

昼兵衛は急いで勝手口に回って閂《かんぬき》を外し、なかから表戸を開けた。

「旦那、閉めてよござんすか」

入ってきた戸障子に海老蔵が突っ支《つか》い棒《ぼう》を当てた。

「そこまでするほどのことなのかい」

昼兵衛も表情を引き締めた。

「……………」

海老蔵が一度深呼吸をした。

「会津の若殿さま、松平若狭守《まつだいらわかさのかみ》さまが……会津屋さんの妾のもとへお出でになりやした」

「松平肥後守《ひごのかみ》さまの御嫡男さまが」

昼兵衛が目を見開いた。

「まちがいないんだろうね」

「お屋敷まで後を付けやした。お忍びなのか、わずかなお供を連れた御駕籠《おかご》で……」

「御駕籠なら、お屋敷に入るとき大門を開けなきゃならないね」

どれほどの名門大名の屋敷でも、潜戸は人一人が通れるくらいでしかない。駕籠は表門を開けなければ、出入りできなかった。そして表門を駕籠で出入りできるのは、当主、一門、門閥家老くらいである。

「若狭守さま、お戻りと門番が言っておりましたし」

「ならまちがいなさそうだ」

昼兵衛が認めた。

「しかし、なぜ、会津の若さまが、会津屋の妾宅に……って言うだけ野暮か」

「…………」

昼兵衛に目を向けられた海老蔵が無言でうなずいた。

「会津の若殿さまが、出入りの商人の妾を寝取るようなまねをなさるとは思えないねえ」

若殿さまと言ったところで、江戸ではさほどありがたみがない。幕府の命で、諸大名の正室、嫡男が証人として江戸に留め置かれている。さすがに石を投げたら若殿さまに当たるとまでは言わないが、江戸の者なら誰でも何々家の嫡男と呼ばれる男子を見たことがあると言えた。

とはいえ、身分が違いすぎるので、つきあいが生まれることはない。

「妾をどこかで見かけてというのも考えにくい」

どのように言おうとも妾は日陰者でしかない。物見遊山《ものみゆさん》で出歩くときもあるが、基本妾は世間をはばかって、家から出ないものであった。

「それに気に入ったなら、屋敷へ召し上げてもよい」

大名家の嫡男ともなると、独自の奥を持つ。正室を迎えるまでは、あまり派手なまねは控えなければならないが、側室の一人や二人いても珍しくはなかった。

昼兵衛は悩んだ。

「隠さなければならない事情がある」

「間男というわけじゃ……」

妾の浮気を海老蔵が疑った。

「気づかないはずないだろう。妾宅といえども、近隣はある。そこにお付きの武士を従えた駕籠が来るんだ。それこそ、近所中耳をそばだて、目を見開いて興味津々だろう。お武家が怖いから、声をあげてしゃべることはないだろうけど、会津屋さんにご注進と駆けこむ者はいるはずだ」

海老蔵の推測を昼兵衛は否定した。

「なるほど。となれば、知ってて見逃している」

「出入り先の次の藩主だからね。逆らうことはできない、機嫌を取り結んでおくべきだと考えて、見て見ぬ振りをしている。まあ、悪くはないがね。それはこちら側から見た話でしかない」

「こちら側……」

「商人側というか、庶民側だね。大きな利の前には小さな損を受け入れられる。これは、庶民とくに商人の考え方だよ。だが、これはお武家さまには通じない」

首をかしげた海老蔵に、昼兵衛が説明した。

「お武家さまには、生き死によりも厄介なものがある。名前というやつだ。己の名前、主家の名前に傷を付けてはならない。これがお武家さまの決まり事で、絶対に守らなければならない」

「名前で腹は膨れませんがね」

黙っていても、動かなくても喰い扶持である禄をもらえる。一日汗水を流して働かなければ、夕餉が食べられない庶民からすれば、うらやましい。

その武家が食べられていることに感謝せず、名誉こそ至上だと嘯《うそぶ》いているのは、庶民にとって腹立たしいことであった。

「名前を気にする武家さまですよ。若殿さまが商人の妾を奪ったなどと言われては、いい恥さらしですからね。若殿さまがどれほどその妾にご執心でも、周りが許しませんよ」

「ということは……」

「会津屋の妾という前提がまちがっていたと考えるべきでございましょう」

「……場所貸し」

「でしょうな」

場所貸しとは、さまざまな理由で妾宅を設けられない人のために、家を貸す者のことを言った。

「となるとよりわからなくなりますね」

「へい。会津さまの若殿さまが妾を囲う場所に困るはずはございませんね」

　会津家は二十三万石、三代将軍家光《いえみつ》の弟保科《ほしな》肥後守正之《まさゆき》を祖とする名門大名である。御三家には及ばないが、一門として遇され、幕府においても重きをなしている。上屋敷だけでなく、中屋敷、下屋敷、さらには抱え屋敷も持ち、若殿の側室を住まわせるに困るはずはなかった。

「きなくさいにもほどがあるけど、このまま知らん顔とはいきませんね。会津屋さんを得意先にできれば大きい」

　妾屋には二種類あった。とりあえず男女のなかを取り持ち、そのときに得られた手数料さえあればいいというものと、山城屋のようにいいところへ適当な女を紹介し、繰り返し顧客になってもらうことで、何度もつきあう店である。

　山城屋のように上客を抱えれば、その手数料も高くなるし、信用も深くなる。あちらこちらに人脈も広がる。

　山城屋の客ならば大丈夫だろうと取引先が認める。

　新たな取引を始めるとき、商家同士で信用の目安となる。そこまで来るには大変な労力がかかっているだけに、一つのことで築き上げたものを昼兵衛は崩したくはなかった。

「その妾のことを調べるしかないね。とはいえ、伏見屋さんは京へ帰ってしまった……」

京まで人を出すとなると、金と手間がかかりすぎる。人手もない。昼兵衛は悩んだ。

「和津《わつ》を呼んできましょうか」

海老蔵が提案した。

「……和津さんね」

昼兵衛が腕を組んだ。

「お願いできるかい」

「へい」

海老蔵が駆け出していった。

和津は飛脚屋の奉公人である。細い身体ながら強靭《きょうじん》な脚力で風のように走る。

「ご無沙汰をいたしておりやす」

待つほどもなく、和津が顔を出した。

「海老さんは……」

迎えに行った海老蔵の姿がない。昼兵衛が首をかしげた。

「後から参りやす」

短く和津が答えた。

「走ってきてくれたのかい。そこまで急ぎではなかったんだがね」

駆けつけてくれた和津に、昼兵衛はなんとも言えない顔をした。

「まあいい。頼みたいことが……」

「……京でやすか。ちと暇がかかりますよ」

話を聞いた和津が念を押した。

「十日くらいでどうにかならないか」

「やってみやしょう」

「代金は帰ってきてからでいいかい。これは旅の費用にしておくれ」

昼兵衛が小判を二枚出した。

小判一枚で普通の旅人が江戸から京へ行ける。足の速い和津なら二両あれば十分江戸と京を往復できた。

「お預かりいたしやす。では」

小判を受け取った和津が、昼兵衛のもとから去った。

放置している期間が長くなる。昼兵衛は会津屋の機嫌を取るため、面会をすることにした。

「はやっているな。海老の調べどおりだ」

訪れる前に、会津屋を昼兵衛は観察した。

「扱っているのは、会津特産の漆器が主だが、他にも小間物なども置いているね。会津の赤漆は人気だし、繁盛しているのはまちがいない。よほど主が馬鹿か、番頭が悪さをしないかぎり店が左前になることはなさそうだ」

確認を終えた昼兵衛は暖簾を潜った。

「山城屋と申しまする。会津屋さまにお目にかかりたく参りました。ご都合が悪ければ、日時をご指定いただければ、あらためまする」

番頭らしき男が、すぐに応対した。

「主より伺っております。会津屋さまにお目にかかりたく参りました。訊いて参ります。しばしお待ちを」

「奉公人のしつけもできている。会津屋さんは思ったよりもできるお方のようだ」

昼兵衛は、心のなかで会津屋の評価をあげた。

「お待たせをいたしました。どうぞ、奥にて主がお待ち申し上げております る」

しばらくして戻ってきた番頭が、昼兵衛を誘《いざな》った。

「ごめんを」

昼兵衛は番頭に付いていった。

「こちらでおかけを」

番頭が客間へと昼兵衛を案内した。

「すぐにお茶をお持ちいたしまする」

昼兵衛一人を残して、番頭が下がっていった。

「見事な調度だね。派手さはないが、仕事がしっかりしている」

仕事柄、大店とのつきあいも多い。昼兵衛は道具を見る目を持っていた。

「どうぞ」

襖《ふすま》が開いて、上品な女が茶を持ってきた。

「これはどうも」

遠慮なく昼兵衛は茶を口にした。

「よく来た。やっと結果が出たのか」

茶を半分ほど飲んだところで、会津屋が客間へと顔を出した。

「お邪魔をいたしております」

茶碗を置いて、昼兵衛は一礼した。

「で、どうなんだ。わたしはおまえの眼鏡《めがね》に適《かな》ったのかい」

雑談もなく、会津屋が結果を求めた。

「結論を出すには、いくつか足りないところがございまして。ただ、今のところお断りする理由はないと考えております」

昼兵衛は正直に告げた。

「なにが足りない。店の帳面でも出せばよいのか」

「お店の状況は何一つ問題ございませんな」

奥の客間にいても、店先の活気が伝わってくる。これで店が左前だというのならば、奉公人のなかに使いこんでいる者がいるとしか考えられなくなる。そしてそれを見逃すほど会津屋が暗愚には見えなかった。

「ではなにが足らぬ」

「…………」

昼兵衛は残っていた茶に手を伸ばした。

「……伏見屋さんとのお取引がどうだったのかというところが、まだ見えておりません」

飲み干した茶碗のなかを覗きこむような姿勢で昼兵衛は告げた。

「伏見屋との取引だと。そんなもの、当たり前のものだぞ。これこれこのような女を世話してくれと注文をし、それに伏見屋が応じる」

「やってきた女とのおつきあいは」

昼兵衛が重ねて問うた。

「それこそ、普通だな。妾宅と雑用係の女中を用意し、そこへわたしが通う。月々の手当は前月の末に渡していた」

「お手切れのときはどのように」

「手切れか。月初めに通知し、月末までに去るようにと。手切れ金は、奉公した年数と月々の手当金で変動するが、世間並以上には出しているつもりだ」

質問に会津屋はしっかりと答えた。

「これで最後でございまする。同時に二人以上の妾をお持ちになることは」

「ないな。そこまで女に飢えているわけではない。馴染んだ身体以外の女を抱きたくなれば、吉原へ行けばすむ」

「かたじけのうございました」

昼兵衛は深く頭を下げた。

「今日はこれで失礼をいたしまする」

「結果はどうだ」

辞去を表した昼兵衛に、会津屋が問うた。

「あと一つの懸念が晴れれば、こちらからお取引をお願いにあがるかと存じまする」

「それはなんだ。今、ここで答えるぞ」

会津屋が促した。

「新しい妾をお求めながら、まだ前の妾をお囲いになっている理由でございますよ」

「そんなもの新しいのが来るまでの相手を……」

「そして会津屋さんがお通いにならず、別のお方がそのお妾さんのもとへ行かれているわけを知るまで、結論は出せませんね」

話しかけた会津屋を遮るように昼兵衛が言った。

「…………」

会津屋の顔色が変わった。

「では、後日」

昼兵衛は身を翻した。

「……甘く見ていた」

一人になった会津屋が呟いた。

「妾屋とはそこまでやるものか……」

驚きで会津屋が目を大きく開いた。

「お報《しら》せせねばなるまい」

会津屋が腰をあげた。

昼兵衛は山形将左を呼び寄せた。

「仕事かい」

山形将左が飄々《ひょうひょう》とした顔で問うた。

「お仕事といえば、お仕事でございますな。わたくしをお守りいただきたく。期間は十日ほどで」

「山城屋の身辺警固か。なら、あまり高いことは言えねえな」

たいした金にならないと、山形将左が笑った。

「その辺は、おつきあいだと思ってあきらめてくださいな」

昼兵衛も苦笑した。

「で、どこのどいつだ、ものの見えない野郎は」

敵は誰だと山形将左が問うた。

「会津さまで」

「ずいぶんと大きな敵じゃねえか」

「大丈夫でございますよ。会津さま全部が敵というわけじゃございませんのでね。極一部、まあ、五人ほど来ればよいでしょうな」

昼兵衛は若殿を警固している会津藩士の数が限界だと考えていた。

「やっていいのか」

「できれば、命まで奪わずにお願いしたいのですが、こちらの命には代えられません。危ないときは遠慮なく」

人の命を狙ってきた者に情けはかけられない。確認した山形将左に、昼兵衛が願った。

「殺すと会津を完全に敵とするか」

すぐに山形将左が悟った。

昼兵衛の予想はすぐに当たった。

「夕飯にでも行きましょうか」

店じまいをした昼兵衛が山形将左を誘った。

「……剣呑《けんのん》な雰囲気だぞ」

山形将左が太刀を腰に差した。

「かといって籠城しているわけにもいきません。喰いものはなにもありませんよ」

「それはたまらんな。いきなりの干殺しは勘弁だ」

口の端をつり上げながら、山形将左が先に出た。

「まだ日が暮れたばかりだぞ。押しこみ強盗には、ちと早すぎねえか」

表戸から出た山形将左が、山城屋を取り囲むようにしていた覆面姿の武士に声をかけた。

「黙れ。我らが用はそなたごとき浪人にはない。山城屋を出せ」

中央に位置していた侍が命じた。

「本日は店を閉めてしまいました。また明日にでもお出直しくださいませ」

山形将左の後ろから昼兵衛が断った。

「そう言っている。さっさと帰んな」

「後ろにいるぞ」

中央の侍の言葉に、左右の侍が太刀を抜いた。

「問答無用だな」

白い歯を見せて、山形将左が笑った。

「どけ、野良犬」

己も太刀を手にした中央の侍が山形将左に切っ先を突きつけた。

「甘いことだ」

ふんと鼻先で笑った山形将左が、右手で突きつけられた太刀の腹を叩いた。

「なっ、なんだ」

太刀の腹に刃は付いていない。山形将左の手は切れず、太刀が大きくずれ、中央の侍が体勢を崩した。

「曽我《そが》どの」

「危ない」

左右二人の侍があわてた。

「こいつ……」

崩れた体勢を立て直した曽我と呼ばれた侍が、絶句した。

「遅《おせ》えよ」

山形将左が太刀を曽我に突きつけていた。

「抜くのが見えなかった……」

「は、疾《はや》い」

左右の侍たちも唖然としていた。

「な、何者だ」

首に切っ先を突きつけられていながら、気丈に曽我が問うた。

「山城屋の用心棒だな」

「妾屋風情の用心棒が、それほどの腕を……」

曽我が驚いた。

「もったいない。どうだ、我らとともに来ぬか。家老に話をする。仕官できるようにとな」

「あいにくだな。宮仕えは二度とごめんなんでな」

勧誘した曽我を山形将左が一蹴した。

「しかし、愚かでございますね」

昼兵衛が口を挟んだ。

「ちょっと揺らされたていどで、出てくる。藪の蛇でももう少し辛抱強うございますよ。まったく今時のお武家さまは我慢ができない。まだ五歳の子供のほうがましし」

あからさまな嘲弄を昼兵衛がした。

「きさまっ」

「よせっ」

右の侍が山形将左へ斬りかかった。曽我の制止も間に合わなかった。

「よいしょっ」

応じたのは昼兵衛であった。戸締まり用の突っ支い棒で、昼兵衛は突っこんできた侍の臑《すね》を叩いた。

「ぎゃあああ」

山形将左に集中していた侍は、したたかに臑を打たれて絶叫した。

「これはお預かりしましょう」

臑を抱えて転げ回る侍が落とした太刀を昼兵衛は拾い上げた。

「ううっ……」

喉に擬された切っ先がまったく揺らぎもしないことに、曽我が動けずにうめいた。

「どうする。このまま帰るならば見逃してやるぞ」

山形将左がもう一度促した。

「見逃すだと。不遜《ふそん》な」

左の侍が太刀を振り上げて山形将左を威嚇した。

「今度は許さねえぞ」

それに目も向けず、山形将左は曽我を脅した。

「御用も果たせず、路傍に屍《しかばね》を晒《さら》したいというなら、喜んで手伝ってやるがな」

ほんの少しだけ山形将左が切っ先を上下させた。

「わ、わかった。引こう」

「曽我どの……」

うなずいた曽我に、左の侍が目を剝いた。

「死ぬのはかまわぬ。だが、屍を晒してはお家に迷惑がかかる」

「……うっ」

会津松平家に累が及ぶと言われた左の侍が詰まった。

「話はまとまったようでございますな。では、この邪魔なのも引き取ってお帰りくださいませ。ああ、今夜もう一度お出でになりますと、評定所へお話を持ちこませていただきますよ」

昼兵衛が足を抱えて転がっている藩士を指さした。

評定所は庶民の訴えも受け付けている。身分を堅持することが意義の一つである幕府だけに、そうそう庶民の言いぶんは通らないが、名前を出された大名、旗本には非公式ながら注意が出される。

「よろしくはない」

老中から呼び出され、こう言われた大名は震え上がる。状況改善がなされなければ、次は罰を与えるぞと言われたも同然なのだ。

「…………」

しかし、昼兵衛の嫌みには応えず、倒れている仲間を担いで、侍たちが帰っていった。

「馬鹿ですね」

「ああ」

去っていくのを見送った昼兵衛があきれ、山形将左も同意した。

「太刀を忘れていくなんて、自白しているも同然だというのに」

昼兵衛が嘆息した。

太刀には特徴がかなりあった。鞘の色、長さ、反り、下緒《さげお》の結び方、鍔《つば》の形、鐺《こじり》、小柄《こづか》などの付属品と、知っている者が見れば、すぐに誰のものかわかる。

「和津さん次第で、これをお屋敷までお届けにあがらなければなりませんからね」

昼兵衛が太刀を店の土間へと放りこんだ。

「さて、飯に行こう。腹が減った」

「戸締まりをしてきます」

促した山形将左にうなずいて、昼兵衛は店の表戸に外門をかけた。


和津が戻ってくるまで、襲撃はなかった。

「馬鹿だったが、大馬鹿じゃなかったようだな」

山形将左が退屈そうにあくびをした。

「のようでございますね。刀がなくなったことくらい気づいているはずですが、なにも言ってこられませんな」

昼兵衛も笑った。

「さすがに様子を見ているんだろうよ」

「我慢がどこまで保ちますか」

二人は顔を見合わせた。

「遅くなりやした」

そこへ、暖簾をはたくようにあげて、和津が帰ってきた。

「おかえり。ご苦労だったね」

「おう、久しぶりだな」

昼兵衛と山形将左が和津を迎えた。

「で、早速だがどうだった。伏見屋さんには会えたかい」

「へい。お目にかかりやした」

問うた昼兵衛に、和津がうなずいた。

「お話は聞けたのかい」

「山城屋さんのお名前を出し、事情をお話ししたら、だったらと」

和津が述べた。

「そいつはお手柄だ」

山形将左が褒めた。

「ありがたいことだ」

昼兵衛は伏見屋の信頼に感謝した。

妾屋同士は顧客を争う商売敵《がたき》でありながら、数が少ないということもあり、かなり親しく往来していた。

もとは妾奉公を望む女たちの評判を共有するのが目的であった。

妾は炊事洗濯にこき使われる下女奉公よりも辛くなく給金も多い。そして遊女のように意に染まぬ相手に抱かれなくてもいい。たった一人の相手の機嫌さえ取っておけばすむ。

女の操をあきらめれば、妾奉公ほど楽なものはそうない。当然、妾という職業にはまる女が出る。当初は一度だけと思っていたものが、二度、三度と旦那を換えていくうちに、馴染んでいく。

なかには崩れていく女も出る。

年季奉公を続けていくより、短期間で大金を儲けたいと思うようになる。

妾には二度まとまった金が入った。奉公はじめのときの支度金、年季明けのときの手切れ金である。その金をまとめて手に入れようとする。

支度金をもらい、奉公先の妾宅へ住みこんでしばらくしたら、わざと旦那に嫌われるようにするのだ。

音を立ててものを喰うという軽いものから、同衾しているときにわざと寝小便するまでの嫌がらせをおこなう。なかには旦那を寝かさないほど閨をねだる者もいる。

妾を持とうかという旦那は、金持ちであるていど歳を取った者が多い。それが同じ布団で寝小便をされたり、何度果てても女が腰を振るのを止めないなど耐えられるはずもない。

日常の疲れを妾に癒されたい、若くてきれいな女の身体をじっくりと楽しみたいと思っている旦那にとっては、思惑違いも甚《はなは》だしい。

かといって妾奉公は普通の女中奉公と違い、気に入らないからといって放逐できない。これが適当に水茶屋の女などを己で口説いて妾にしたなら、出ていけですむときもあるが、妾屋を通したときはしっかりと条件が付けられている。簡単に手を切ることはできない。

これは立場の弱い妾を守るためのものだが、旦那を縛るものでもあった。この縛りをほどくただ一つの方法が手切れ金を多めに渡し、合意のうえとして妾を解放することだ。

これを悪用する女が出てくるのは必然であった。

だが、これは妾屋にとっても最悪であった。顧客にそんな女を紹介したとなれば、暖簾に傷が付く。それこそ、その客を失うだけでなく、悪評が立って得意先をすべて失う羽目になりかねない。

そんな妾屋たちは暖簾と客を守るために、悪行をした女のことを共有するようになるのは当然の帰結であった。

こうして妾屋は独自の繋がりと信頼関係を持っていた。

「で、どうだったんだい」

昼兵衛が促した。

翌日、昼兵衛は大月新左衛門を供に、会津屋を再訪した。

大月新左衛門を伴ったのは、会津藩士の残していった太刀を持たせるためであった。鞘があれば、町人が太刀を運んでも不思議ではない。刀剣商や研ぎ師という商売があるからだ。しかし、抜き身はまずかった。幕府は町人に太刀の所持を許していない。抜き身の部分に晒しを巻いているとはいえ、町人が鞘なしの太刀を持って歩いていては、町方が飛んでくる。事情を話すわけにはいかないだけに、昼兵衛は大月新左衛門を連れ出した。武士ならば修理のために鞘の壊れた太刀を持っていても不思議ではない。

山形将左でなかったのは、大月新左衛門の身形が八重のおかげでましだったからという理由であった。

「山城屋でございまする。何度も申しわけございませんが、旦那さまに」

昼兵衛が前回案内してくれた会津屋の奉公人に願った。

「そちらのお武家さまは……」

奉公人が大月新左衛門に怪訝な目を向けた。

「拙者は荷物持ちだ。店の片隅で待たせてもらえればありがたい」

大月新左衛門が会津屋に会う気はないと告げた。

「……少々お待ちを」

首をかしげながら、奉公人が奥へと入っていった。

「しつけのよいところだな」

大月新左衛門が囁《ささや》いた。

「はい。主の教育が厳しいのでしょう」

胡乱《うろん》な浪人者など、店に入れないのが普通である。それが昼兵衛の供だというだけで、抜き身を持っていようともいきなり排除に動かない。よほど主が肝の据わった者でなければ、こうはいかなかった。

「どうぞ、山城屋さまだけ」

戻ってきた奉公人が小腰を屈めた。さすがに大月新左衛門もどうぞとはならなかった。

「すいませんね」

「声をかけてくれ」

待たせる詫びを言う昼兵衛に大月新左衛門が応じた。

昼兵衛は、先日と同じ客間へ通された。

「……結論は出たようだな」

先日同様に待つほどもなく、会津屋が現れた。

「はい」

にこやかに昼兵衛はうなずいた。

「お好みの女をお教え願いまする」

昼兵衛が会津屋に問うた。

「ほう。儂は山城屋の目に適ったか。けっこう日にちがかかったゆえ、無理だと思っていたが」

会津屋が少し驚いた顔をした。

「失礼を申し上げました。会津屋さまを試すようなまねをいたしましたこと、深くお詫び申し上げまする」

ていねいに昼兵衛が謝罪した。

「……いやあ、皆様、あの若殿さまがお好きなのでございますな」

会津屋の様子に、昼兵衛が口にした。

「……なにを知った」

すっと会津屋の顔から笑みが消えた。

「京まで人を行かせました」

「……そこまでするのか、妾屋は」

会津屋が驚愕した。

「それが顧客と女の人生を預かる妾屋の誇りでございまする」

「人生を預かるとは大きく出たな」

「妾の面倒に巻きこまれて、旦那が刺された例もございますし、旦那の事情で無理心中に巻きこまれた妾もおりまする。それを許すわけには参りませぬ。すべてを防げるなどとは申しませぬが、少しでも危険を減らし、よりよい男女の出会いを作るのが妾屋の仕事でございまする」

堂々と昼兵衛が胸を張った。

「事情を知ったから、儂を認めたと」

「はい。男と女の機微をおわかりの方こそ、妾の旦那にふさわしい」

確認した会津屋に昼兵衛がうなずいた。

「……ふん」

会津屋が照れて横を向いた。

「そういえば、さきほど皆様と言ったな。なんのことだ」

ふと会津屋が思い出した。

「はい。よろしゅうございますかな。一人連れておりますので、呼びましても」

「かまわぬ。おい、山城屋の連れをここへ」

昼兵衛の頼みを会津屋が奉公人に命じた。

「……ご免」

すぐに大月新左衛門が顔を出した。

「ご紹介いたしておきましょう。わたくしどもの店をお助けいただいている大月さまでございまする」

「浪人の助け……妾番か」

昼兵衛の説明に、会津屋が気づいた。

「さすがでございまする。信用の置けるお方でございますれば、よろしくお願いを」

仕事があれば是非と昼兵衛が言った。

「大月新左衛門でござる」

廊下で大月新左衛門が頭《こうべ》を垂れた。

「いただけますか、大月さま」

「うむ。晒しはこのままでよいかの」

一応尋ねた大月新左衛門が太刀を渡した。

「それは抜き身であろう。そんなものをわざわざ……」

会津屋が不思議そうな顔をした。

「これは落としものでございまして……」

手に入れた経緯《いきさつ》を昼兵衛が語った。

「……そうか。誰も殺さずにいてくれたか」

聞き終わった会津屋が安堵《あんど》の表情を見せた。

「もう、山城屋にはすべてわかっているだろうが……」

会津屋が話し始めた。

「ことの発端は、京のとあるお公家《くげ》さまの内証が逼迫《ひっぱく》したことだ。山っ気を出したのかどうかは知らぬが、大きな借財を抱えたお公家さまが困って、姫さまをお売りになった」

「捨て姫さまでございますな。ままあることで」

「さすがに妾屋だ。公家が娘を売るとき、家系から抹消する。ゆえに捨て姫と呼ばれていることも知っているとは」

会津屋が感心した。

「たしかに捨て姫は珍しくない。とはいえ、七位とか八位、せいぜい六位、公家では下級と呼ばれる家柄のことだ。ところが、今回は違った。四位の公家さまだ」

「四位といえば、加賀の前田さま、薩摩の島津さま、仙台の伊達さまと同じ官位。さすがに外聞は悪いですな」

昼兵衛が納得した。

「そうだ。普通なら、大坂や京の豪商へ娘を妾に出すのだが、近すぎて娘を捨てたことが公になりやすい。そうなれば、家の身分、出世にかかわる。だが、金は要る。ならば江戸へ行かせてしまえば、京まで噂が聞こえることもなかろうと、伏見屋へ話が持ちこまれた」

「…………」

無言で昼兵衛が先を促した。

「伏見屋も四位の姫となれば、粗略には扱えない。適当にその辺りの商家へともいかず、しばらくお店の離れでお預かりしていた。とはいえ、閉じこめてばかりもおられず、江戸の名所をご案内申し上げていたとき、どこぞで会津の若殿さまがお見かけになった」

「一目惚《ひとめぼ》れというやつでございましたか」

昼兵衛が微笑んだ。

「公家の姫さまは江戸の女と違って髪を髷《まげ》に結われぬでな。それがお気に召したのだろう。未だ姫さまは髪を下ろされたままゆえ」

会津屋が首肯した。

「それに姫さまも応じておられる」

「姫さまも若殿さまのことを……な。若殿さまはなかなかのお方じゃ。身体から先に繫がったとはいえ、女としてお気に召されたのだろう。今では若殿さまのお出でを心待ちになさっておられるようだ」

「そこまではわかりました。若殿さまの恋路を会津屋さんがお助けになっておられる。場所もお手当も会津屋さんがご手配なさったのでございましょう」

「ご家老さまが、儂にどうにかしてくれとお頼みにお出でだったのでな。出入りの店としては断れぬ。まあ、若殿さまが殿さまになられたときに、いろいろ便宜をお願いしようと考えての恩売りもあったがな」

会津屋が苦笑した。

「まだ正室を迎えておられないとはいえ、若殿さまが側室を持たれるのは、別段おかしな話ではございますまいに」

昼兵衛が疑問を呈した。正室は家の都合で迎えるものであり、事情で遅くなるときもある。若い男の情欲を長く押さえつけて、女ではなく小姓に走られてはまずいのだ。子供が生まれなければ、家が途絶える。まだ当主でない嫡男に側室を与えることはままあった。

「お相手が悪い。四位の姫君だ。会津藩ともなれば、ご正室はかなりのところから迎えられる。譜代名門の阿部《あべ》家や御三家《ごさんけ》の分家筋など、かなりの家柄には違いないが、官位は五位がせいぜい」

「お妾さんが上になってしまうと」

昼兵衛が理解した。

「四位以上からご正室を迎えられればよいが、そうでなければ……」

「万一お妾さんが男子を生まれたときに、騒動が起こりかねない」

最後まで言わなかった会津屋の後を昼兵衛が受けた。

「かといって若殿さまにあきらめてくだされとは言えぬであろう。二十歳前の色恋は、夢中になる。無理強いしてはお身体に障《さわ》りかねぬ」

「恋の病ばかりは、どれほどの名医でも治せませせぬな」

昼兵衛も同意した。

「なにせ本来の跡継ぎであった若殿さまのお父上さまが急逝され、その後を継がれて世継ぎとなられたのだ。しかも他に跡継ぎたる男子はおられぬ。もし、若殿さまになにかあれば、初代保科正之さま以来のお血筋が絶えてしまう」

「家は養子を迎えればすみますが、血は続かなくなりますか。それは……」

武士にとって家はなにより大切なものだったが、血筋はそれに次ぐ。どうしても譜代の家臣の忠誠は養子に薄くなる。これも家中《かちゅう》騒動のもとになりかねなかった。

「そういうことだ」

会津屋が語り終えた。

「それだけではありますまい。会津屋さんが、伏見屋さんとのつきあいを止められたのは、京から妾を迎えて、姫さまの顔見知りが来てはまずいとお考えになられたからでございましょう」

「…………」

　昼兵衛の指摘に、会津屋が黙った。

「もし、妾が姫さまのことを知り、実家へ手紙でも出せば……姫さまのご実家に迷惑がかかり、下手をすれば別れなければならないような状況になるかも知れない。そうお考えになられて、長く妾をお抱えにならなかった」

「よくそこまでわかるものよ。妾屋は女だけでなく、男も見抜くか」

　会津屋が嘆息した。

「儂ももう五十歳をこえた。息子も商いを覚えた。店を任せる番頭もいる。気持ちに余裕ができたのは確かだ。これが十年前なら、商売に夢中で若殿さまのことまで気が回らなかった」

　そこまで言って、ふいと会津屋が横を向いた。

「若い男と女の恋を手助けするのは、年長の役目だろう」

　会津屋が恥ずかしげに告げた。

「はい。まことさようでございまする。ただ威張り散らすだけの年寄りでは、若者も育ちませぬ。若者たちの手助けをし、よき男となるよう導くのが年寄りの仕事」

昼兵衛が首を縦に振った。

「この刀はお返しします。会津屋さまからお返しいただきたく」

抜き身の太刀を昼兵衛が差し出した。

「代わって礼を言う」

一礼した会津屋が受け取った。

「では、次はいい女を連れて参りまする」

昼兵衛が深々と腰を折った。

第三章　春の章

春は妾屋の繁忙期になる。

人も動物と同じで、春の陽気に浮かれてしまうのか、性欲が高まる。

「久しぶりだの、山城屋」

壮年の立派な身形をした武家が、山城屋を訪れていた。

「これは向井《むかい》さま。ようこそのおこしでございまする。お呼びくだされば、お長屋まで参上いたしましたものを」

山城屋昼兵衛が出迎えた。

「おぬしが来たというだけで、騒ぐ連中がおるでの」

向井と呼ばれた壮年の武家がため息を吐いた。

「それほど嫌われておりましたか」

昼兵衛が苦笑した。

「妾屋ごときを出入りさせるなど、お家の名折れだと声高に言う者がな」

「儒学方の土屋《つちや》さまでございますか」

苦い顔をした向井に、昼兵衛が名前を出した。儒学方とは、藩士に儒教を講義する役目のことで、武を表芸とする武家では格も低く、禄も少ない。が、藩士のほとんどが弟子になるため、影響力は大きかった。

「たしかに土屋はその代表だが、他にもの」

「お名前をお教えいただければ、回状《かいじょう》を出しますが」

昼兵衛が提案した。

回状とは、妾屋の客としてふさわしくない者に出される。

妾となった女に暴力を働いた者、手当を払わずに逃げた男、客に下の病をうつした女、客の金を盗んで逐電した女などの詳細が記され、江戸中の妾屋に回される。そこに名前が載ったら、男であろうが女であろうが、どこの店も相手をしなくなった。

「どいつも妾を囲えるほどの者ではない。回状が出たところで、蚊に刺されたほども気にするまい」

小身者だと向井が告げた。

「さようでございますか」

それ以上、昼兵衛は求めなかった。

「わかっていると思うが……」

「もうそういう時期でございますか」

向井に言われた昼兵衛が手を叩いた。

「参勤の連中が江戸へ着くまであと十日ほどある」

「十日でございますか。あまり余裕はございませんな。いつもはもう半月ほど早くお報せをいただけたと」

昼兵衛が渋い顔をした。

「今年は雪が深かったゆえ、参勤に誰が加わっているかという書状が届かなかったのだ」

向井が頬をゆがめた。

「参勤行列に儂の配下がおっての、そやつが途中で江戸へ飛脚を立ててくれたゆえわかったのだ。まったく、国元の連中は江戸の苦労をまったく考えてくれぬ」

遅くなったのは己の責任ではないと向井がぼやいた。

「今年はどなたが、江戸へお見えでございますか」

話を進めようと昼兵衛が問いかけた。

「…………」

向井が黙った。

「……かなりのお方がお見えになられるのでございますね」

昼兵衛も表情を曇らせた。

「国家老次席どのが、お出でになる」

「それはまた」

向井が口にした名前に、昼兵衛も驚いた。

「しかし、国家老さまの出府は御上のお許しが要るのでは」

幕府は国家老などの重職が江戸へ来るときは、届けを出すようにと指導していた。

「それがの、国家老次席の新崎《にいざき》どのは、ご老中安藤対馬守《あんどうつしまのかみ》さまの御用人と姻戚にあたるのでな、いくらでも融通は利くのよ」

大きく向井がため息を漏らした。

「なにか江戸表に不都合でも」

国元を預かる国家老が出府してくるのは、たいがいの場合、江戸屋敷に問題があるときであった。

「なにもない。いや、多少は節約をせねばならぬとはわかっているが、国家老が出てくるほどの問題ではない」

向井が首を横に振った。

「それで山城屋に来たのだ」

「まさかとは思いますが、江戸の女を……」

言われた昼兵衛が問うた。

「そうよ。江戸で妾を囲いたいらしい」

「なぜ。国元にも女はおりましょう。次席家老さまともなれば、人妻でもないかぎりどうとでもできましょうに」

昼兵衛が驚いた。

「それがの、覚えておるかな。浦上《うらがみ》どのを」

「浦上さま……」

向井から訊かれた昼兵衛が、少し考えた。

「ああ、二年前の参勤で江戸へ出てこられたお方でございました。わたくしが妾をお世話した」

「その浦上どのがな、国元に昨年戻ったとき、さんざん江戸の妾がすばらしいと吹聴して回ったらしいのだ。それを耳にした新崎どのが、儂も一度経験してみたいと仰せられて、殿に参勤のお供を直訴されたと聞いた」

「…………」

国家老次席ともあろう重職が参勤の供をして出てくる理由に、昼兵衛が啞然となった。

「なんとかしてくれ。山城屋」

向井が昼兵衛に頼みこんだ。

「お出入りをお許しいただいているお屋敷さまのこと、なんとかいたしたくは存じますが……」

昼兵衛が思案に入った。

天下の大名は、徳川幕府への忠誠を示すため、江戸に屋敷を持ち、藩主は一年交替で国元との間を往復しなければならなかった。

　当たり前の話だが、藩主が一人で江戸と国元を行き来するはずもなく、石高と格式に応じた行列を仕立てなければならなかった。

　外様《とざま》最高の百万石という大領を誇る加賀前田家ともなると、その行列は四千人をこえる。それだけの人数が江戸から消え、国元からまた来るのだ。

　参勤交代は大名による幕府への奉仕でもあった。江戸の防衛を担う軍勢を国元から呼び寄せるという意味を持っている。

　当然、行列は軍事行動と同じ扱いを受けるため、女はまずいない。

　参勤は天下の大名が半分ずつ、江戸在府と国元在国を繰り返す。半分とはいえ、江戸には独り者の男が集まってくることになる。

　江戸には公認の遊郭吉原をはじめとして、御法度《ごはっと》の岡場所など春をひさぐ女たちがいる。しかし、とても足りないのだ。参勤交代で来る藩士だけでなく、江戸には地方で喰いかねた百姓の次男以下が仕事を求めて集まってきている。それこそ何十万という独り者の男がいるのだ。江戸中の遊女が集まってもさばききれない。

　そのうえ、参勤交代で江戸へ出てきた国元の藩士には、することがない。江戸藩邸での役目は江戸に住んでいる藩士たちがこなしてしまう。

江戸まで出てきたが、することはない。それこそ参勤で江戸にいる一年ほどの間、長屋で遊んでいなければならないことになる。

暇を持て余した独り身の男がすることなど、決まっている。酒と博打と女である。

また、国元から出てきた藩士たちにしてみれば、江戸の女は艶やかに見える。裾が少し乱れただけでふしだらだとうるさい国元と違い、江戸の女のなかには襟元をくつろがせ豊かな胸乳を半分見せている者もいる。

江戸へ出てきた藩士たちが、興奮するのも無理はない。

だが、妓《おんな》の数が足りない。抱きたいと廓《くるわ》へ行ったら、すでに他の客が買っているという事態もままあった。一度や二度ならばまだしも、度重なると腹が立つ。

となると起こるのは、遊女の取り合いであった。

「この遊女は拙者の馴染みである」

「なにを言うか。拙者のものじゃ」

一人の遊女を巡って、参勤交代で来ている藩士たちが争うのは日常茶飯事であった。

「ええい、寄るな。この女は拙者が……」

なかには金に困った参勤侍が、刀を振るって遊女を人質に吉原や岡場所で暴れるときも出てくる。

町方が出役し、野次馬が集まる事態になるが、虜守《とりこもり》はかならず失敗する。一人で一人の女を抱えこんでいるのだ。油断すればすぐに捕まってしまう。飯も喰えない、厠《かわや》にも行けない、眠ることさえできないのだ。数日保つことなく、虜守は捕まる。

「当家の者ではござらぬ」

もちろん、藩は町奉行所からの問い合わせに、その藩士を切って捨てる。さっさと士籍を削って、波及を避けるのだ。

もし、藩主一門や重職が問題を起こしたとなれば、さすがに見殺しにはできなくなる。

「内々に」

用人や留守居役が汗を掻いて根回しをし、最後は藩主が町奉行に頼みこんでことを治めてもらう。

被害を受けた遊郭や遊女への見舞金、担当した町奉行所の役人、御用聞きへの賄《まいない》、相当な金がかかる。

金ですむならばまだいい。なによりまずいのが、主君に頭を下げさせることだ。

「なにとぞ、よしなにお願いする」

大名が町奉行とはいえ、旗本に頭を垂れる。これほどの屈辱はまずない。藩主の怒りは収まるはずもなく、家臣たちへ向かう。

馬鹿を仕出かした者はもちろん、江戸の家老や、用人、留守居役などの重職も厳しい叱責を受ける。

江戸定府の者にしてみれば、参勤で江戸へ出てきて浮かれる国元の連中は迷惑でしかなかった。

「女を買うな。町に出るな」

とはいえ、規制はできない。

閉じこめると、屋敷のなかでもめ事を起こすことになる。喧嘩沙汰から刃傷《にんじょう》沙汰になっても面倒である。

そこで江戸屋敷としては、切り捨てられない身分ある藩士を大人しくさせるため、妾を斡旋する方法を取った。

もちろん、すべての藩ではない。妾屋を出入りさせるには、参勤で出てきた者のための一年だけという妾募集だけでは、難しい。妾屋は男と女を扱う商売だけに、信用をなにより大事にしている。滅多に客として来ない連中の無理は聞いてくれない。

江戸家老をはじめとする重職が、客となって縁を繋いでいた。

「その新崎さまのお好みはどのような女でございましょう」

とりあえず、条件を昼兵衛は尋ねた。

「それがの……」

向井がふたたび口ごもった。

「おっしゃっていただかないと、ご紹介のしようがございませんが」

昼兵衛が促した。

「じつはの……」

まだ向井は言いにくそうであった。

「もしや若衆好みでいらっしゃる。そうなれば、わたくしどもではご要望をうけたまわれません」

若衆とは、まだ元服を迎えず、前髪を残した男子のことだ。妾屋は女を斡旋する場所であり、若衆は扱っていない。

「若衆ならば、新橋《しんばし》の蛍屋《ほたるや》さんがよろしいかと」

蛍とは尻が光るという若衆の隠語であった。

「違う、違う」

あわてて向井が否定した。

「……それがのう」

言いにくそうに向井が続けた。

「浦上どのに尽くしてくれた女を是非とのご要望でな」

「それはまた……」

昼兵衛が驚いた。

「前任者の妾をお求めとは珍しい」

男は他人の影が付いた女を嫌がることが多い。

「それがの、浦上どのが、いい女だったとあまりに言うもので、興味を持たれたようなのだ」

「なるほど。しばし、お待ちを」

　向井の説明にうなずいた昼兵衛が立ち上がった。

「二年前の帳面は……やはり残ってませんか」

　昼兵衛が嘆息した。

「火事だったそうだな」

「はい。付け火を喰らいまして、今年の帳面を持ち出すのが精一杯でした」

　向井に言われて、昼兵衛は情けなさそうな顔をした。

　妾屋は商売敵だと考えた吉原惣名主西田屋甚右衛門の手によって、山城屋は放火され、全焼していた。

「浦上さま、浦上さま……」

　何度も口のなかで呟いて、昼兵衛が記憶を探った。

「お相手は……あやさんでした」

　昼兵衛が思い出した。

「おおっ。思い出してくれたか」

　最悪、国元まで急飛脚を立て、浦上に問い合わせなければならなくなる。女の名前を口にした昼兵衛に、向井が安堵した。

「早速だが、そのあやを頼む」

向井が身を乗り出した。

「申しわけございません。あやさんは、すでに他のお客さまのところで奉公をいたしておりまして」

旦那持ちだと昼兵衛が首を横に振った。

「なっ、それは困る」

向井が顔色を変えた。

「と言われましても、すでにお客さまのもとへ行きました者を呼び返すことはできませぬ」

妾と旦那は相性である。相性が合わなければ、さっさと金を渡して別れるときもあるが、互いに文句がなければ、年季明けまで奉公するのが普通であった。

「なんとか、その奉公先から引き取ってきてくれ」

「あいにく、それはできかねまする」

昼兵衛は断った。

「妾屋は男女の仲を斡旋するのが商売でございまする。すでにできている男女の間に、割りこむことはできませぬ」

「金ならいくらかは都合を付けよう」

「こればかりは、お受けできませぬ。受けてしまえば、山城屋は二度とお客さまに妾をご紹介できなくなりまする」

すがるような向井に、申しわけなさそうに昼兵衛が告げた。

いい女には男が群がるのは当然のことである。気に入って妾にした女を、後から返せと言われては客もいい気はしない。

「後から来たお客さまのほうが、金払いがいいもので。女は引き取ります。これは慰め金でございまする」

金を積んで言うことを聞かすようなまねをすれば、妾屋の信用は地に落ちる。男と女のもっとも醜い部分でもある閨ごとを商売にする妾屋は、口が堅くなければならない。誰でも、閨での癖を他人に知られたくはない。

「何々屋《なにがし》さんは、閨で女を苛《さいな》むのがお好みだそうで」

「某さまのもとに入った女は、もとどこどこの妾をしておりました」

口の軽い妾屋は質が悪い。それをもとに、客を脅すこともできる。客と女にかかわることは、他人に決して漏らさないのが妾屋の決まりであった。

「では、どこに奉公しているかだけでいい。教えてくれれば、こちらで交渉する」

「申せませぬ」

「そなたに聞いたとは漏らさぬ」

頑《かたく》なな昼兵衛に向井が条件を付けた。

「どうやってここにあやがいると知られたのかと、訊かれたらどうお答えになるおつもりでございますか」

「町で見かけたとすればいい」

「お武家さまが、町で見かけた女の後を付けて、旦那を調べ上げる。それができるとでも」

すぐにばれるような嘘はまずいと昼兵衛が制した。

「旦那のなかには、妾を家から出さないお方も多いのでございますよ。妾になろうかという女は眉目《びもく》がよいのが普通で、浮気を怖れる旦那に囲いこまれる。あやさんの旦那がそうであったときは、偶然見かけたは通りませんが」

「…………」

指摘された向井が黙った。

「山城屋、当家の出入りをして何年になる」

「さよう……もう十年になりましょうか」

訊かれた昼兵衛が答えた。

「当家に出入りして、かなり儲けたであろう」

「おかげさまで」

「儂も二度、おぬしの世話で妾を求めた」

「はい。よいお方であったと女も喜んでおりました」

念を押すような向井に、昼兵衛は首を縦に振った。

「他にもご家老さまも留守居役も、おぬしの客であろう」

「…………」

他人のことだ。勝手に話をするわけにはいかない。昼兵衛は沈黙した。

「今までのつきあいに免じて、なんとかしてくれ」

「……お世話になったことはまちがいございません。津軽《つがる》の皆さまは山城屋にとって、ありがたいお客さまでございまする」

「ならば……」

「ですが、今あやさんの面倒を見てくださっているお方も、山城屋にとって代えがたいお客さまなのでございまする」

迫りそうになった向井を、昼兵衛が制した。

「……………」

向井が苦い顔をした。

「それよりも、あやさんよりもお好みの女をご紹介申し上げるほうが、よろしいのではございませんか」

だめなものにこだわるより、別の方法を講じたほうがよいのではないかと、昼兵衛が提案した。

「それを聞いてくだされればよいのだが……」

向井が大きく嘆息をした。

「じつはの、今、国家老筆頭を務めておられるお方が、体調を悪くなされてな。近く隠居をなさるのだ」

「それは、それは」

「次の国家老筆頭になられるのが、新崎どのか、浦上どのかのどちらかで、争っておるのよ」

向井が事情を説明した。

「はて、それならば浦上さまの妾より、よい女を囲われたほうがご自慢になりましょう」

昼兵衛が当たり前のことを言った。

「普通はそうだ。しかし、今回は国家老筆頭になるかどうかという争いが裏にある。また、悪いことに、新崎どのと浦上どのは家禄もほとんど同じ、年齢も一つ違いで近い。藩校での席次も、道場での順位も差がなかった」

「なるほど、敵愾心《てきがいしん》が強いのでございますな」

昼兵衛が納得した。

商人でもこういったことはある。同業者ほど、売り上げや顧客の格を気にする。名誉をなにより大事と考える武士だと、よりその傾向は強かった。

「それと妾の話がどう繋がりますので」

女の見た目で勝負するといったところで、好みが違えば比較できない。

「丸顔こそ、美形の極み」

「いや、平安の昔から瓜実顔《うりざねがお》こそ」

「乳が大きくなければ、抱いたときにおもしろくなかろう」

「大きすぎる乳は、抱きつくときの邪魔だ。触れあう肌に隙間ができる」

こういった問題は、永遠に決着が付かない。

ましてや、同じ女を選んでは、そういった差さえない。

「馬鹿らしい話だぞ」

最初に、向井が念を押した。

「どのようなお話でも笑いませぬ」

客商売である。決して客のことを笑ってはいけない。昼兵衛が首肯した。

「新崎どのはな、そのあやといった妾に差を口にさせようとなされておるのだ」

「……はて」

意味がわからないと首をかしげた。

「給金も待遇も浦上よりもよかったと女に言わせることで、上に立ちたいと……」

向井が頬をゆがめた。

「浦上さまはお国元でございましょう。江戸でいくらあやさんから褒められても、聞こえませんが」

昼兵衛があきれた。

「浦上どのに聞かせてもしかたないだろう。浦上どのが、妾の待遇で新崎どのに負けたと国家老筆頭就任を辞退するわけなかろう」

「たしかに。そのていどのことで降りられるようならば、端から国家老になろうなどとはされませんか」

言われた昼兵衛が苦笑した。

「なにがしたいのか儂にもよくわからんが、とにかくあの女をと要求されておるのだ、どうだ一年とは言わぬ。一カ月だけあやを貸してもらえぬか」

「向井さま」

頼みこむ向井に、昼兵衛が背筋を伸ばした。

「女は金で身体を売っておりますが、ものではございませぬ。金で貸し借りするなど、妾をなんだとお考えでございますか」

昼兵衛が厳しい声を出した。

「……しかし」

「道理をお聞きいただけぬならば、お出入りを辞退させていただきましょう。今までお世話になり、ありがとうございました」

「山城屋……」

こちらから縁を切ると言った昼兵衛に、向井が目を剝いた。

「どうぞ、お帰りを」

「そうか。どうしてもだめか」

店の外を示した昼兵衛に向井が目つきを変えた。

「よいのだな。当家の出入りを断るということは、親戚筋の大名、旗本からも閉め出されることになる」

向井が雰囲気を険しいものにした。

「いたしかたございません」

昼兵衛は動じなかった。

「………」

予想外の対応だったのか、向井が詰まった。

「さあ、お帰りを」

もう一度昼兵衛が向井を促した。

「頼む。奉公先の名前を呟いてくれ。儂にしゃべったのではない。偶然聞こえてしまったのだ。それならばそなたの罪ではない」

向井が重ねて要求した。

「これだから、お武家さまは……」

大きく昼兵衛がため息を吐いた。

「なんだ」

無礼な態度に、向井が怒った。

「商人には商人の矜持《きょうじ》がございます。お客さまを売ってまで儲けを追求するなど、妾屋の風上にも置けませぬ。津軽のお方が南部《なんぶ》に内通するのと同じことを向井さまはわたくしにお命じになられたとお気づきではございませんか」

強い語調で昼兵衛が向井を糾弾した。

「……むうう」

昼兵衛の反論に向井が唸った。

津軽藩と南部藩の間には、戦国時代から続く因縁があった。

もともと津軽は南部の家臣であった。それが戦国乱世のなか、独立を果たした。津軽氏を信用して領土の西北を預けていた南部家にしてみれば、飼い犬に手を嚙《か》まれたも同然であった。当然、南部は、裏切り者を攻め滅ぼそうとしたが津軽は機を見るに敏であった。津軽は頭角を現し始めた羽柴秀吉《はしばひでよし》に誼《よしみ》を通じ、その庇護を受けた。

「帝のお心を安らげるため、私戦は許さず」

関白となった羽柴秀吉改め豊臣《とよとみ》秀吉によって、天下の戦はすべて禁じられた。これに違反すると、豊臣家に逆らったとして、天下の軍勢を受ける羽目になる。

「おのれ、津軽め」

結果、天下人となった豊臣秀吉によって、津軽は大名として認められ、南部は涙を吞んだ。

そのときの遺恨は二百年経《た》っても、まだ色濃く残っている。未だ、津軽藩は江戸への参勤に秋田から山形を経由し、決して南部領には足を踏み入れなかった。

「…………」

じっと昼兵衛を見つめた向井だったが、しばらくして腰をあげた。

「無理を言った。許せ」

最後に詫びて、向井が去っていった。


「宮仕えというものはすさまじいものだな」

店の奥から、山形将左が顔を出した。

「見ていてくださいましたか」

昼兵衛が山形将左に頭を下げた。

「侍の客は、いつ人斬り庖丁《ぼうちょう》を抜くかわからねえからな」

山形将左が、口の端をつり上げた。

「助かりました。山形さまがお出でくださるので臆さずにすみました」

「偶然だったがな」

山城屋に住みこんでいるわけではない。山形将左が山城屋にいたのは、仕事を終えた報告のためであった。

「厠を借りている間に、ああなっているとは驚いたわ」

山形将左が笑った。

「顔を出されなかったのも助かりました。わたくし以外に聞かれたとなれば、いろいろと面倒が起こったでしょうし」

「それにしても、上役の下《しも》の面倒まで見なきゃならないとは……」

「他にやることはいくらでもありましょうに」

山形将左と昼兵衛が顔を見合わせた。

「あのままおとなしく引いてくださいましょうか」

「言わずともわかっておろうに」

質問を投げかけた昼兵衛に山形将左があきれてみせた。

「情け容赦ないお方だ。わかっているからこそ、せめて希望だけは持ちたいとお伺いしたのに……。一度くらい否定してくださっても」

恨めしそうに昼兵衛が述べた。

「愛想を振る気にもならんな。男が愛想を振るのは、惚れた女にだけでいい」

「まったく……」

昼兵衛が苦笑いをした。

「しかし、あやといえば、あの深川《ふかがわ》の漁師の娘だった者だろう」

「さようでございます。そうでしたね。山形さまはあやさんをご存じでしたね」

ぽんと昼兵衛が手を打った。

「四年前だったか、あやの妾番を三カ月やった」

妾番とは、愛妾の浮気を防ぐために旦那が雇う用心棒のことだ。妾宅に住みこみ、妾の外出の供もする。盗賊除けが盗賊になっては話にならないので、絶対の信頼が置ける者だけしかできない仕事で、山城屋でも山形将左と大月新左衛門の二人しか抱えていない。

「そうでございました。疑い深い讃岐屋《さぬきや》さんとしては、珍しく三カ月という短い期間でしたね。それほどあやさんは律儀だということで」

昼兵衛も懐かしんだ。

「容姿という点でいえば、あやは他人目を惹《ひ》くくらいに美形だが、図抜けているというほどではない。それなのに客が途切れないのは、やはり気立てか」

「あやさんは、妾の本筋をご存じですからね。妾は股を開いて天井の染みを数えていればすむという、その辺の岡場所の安い遊女ではありません。閨ごとが妾の主な仕事であることは否定しませんがね」

山形将左の疑問に、昼兵衛が答えを続けた。

「妾の本質は癒し。側にいるだけでほっとできる。それができて初めて、本物の妾になれるのでございますよ。閨ごとだけなら、妾の月々のお手当を回せば、吉原でそこそこの格子を買うほうが楽しめましょう」

格子とは吉原遊女の格の一つである。最高位の太夫の一つ下にあたり、容姿端麗、閨ごともうまくなければならない。太夫との違いは、芸事、詩歌、茶華道などの教養の有無だけあり、肉欲を解消する相手としては最適であった。

「……………」

「これは失礼をいたしました」

不機嫌に黙った山形将左に、あわてて昼兵衛は詫びた。

山形将左は吉原の格子七瀬と綾乃の二人を贔屓《ひいき》にしていた。というより、自前遊女になった二人の格子の間夫であった。

「いや、まちがっちゃいねえ」

山形将左が手を振った。

「ありがとうございます」

詫びを受け入れてもらったことに謝し、昼兵衛が残りを語った。

「妾と遊女の違いは、閨ごとなしでも繋がるかどうかという部分に集約されます。わたくしのお客さまのなかには、還暦をこえられた方も少なくありません。もちろん、還暦をこえたからといって閨ごとをされないとは限りませんが、妾を持たれる目的は変わりまする」

「肉欲じゃなくなるのか」

「はい。皆様、日ごろの疲れを忘れるため、明日の仕事を頭の向こうへやるために、妾を愛でられるのですよ。一緒に食事をし、酒の相手をさせ、同じ夜具にくるまる」

「たしかに一人で喰う飯は味気ない、一人で呑む酒は酔いが廻《まわ》りにくい、そして一人の夜具は冷たい」

山形将左が同意した。

「あやさんは、旦那がなにを求めておられるかを見抜くのがうまいのですよ。閨ごとを求めてこられる方には、少し着崩した格好を取り、お話を聞いて欲しい方には、適度な相づちを欠かさない。お酒の相手をさせられれば、盃を空にしないように目を配り、適度に肴を召し上がられるように気遣いをする。なかなかできることじゃありません」

「見事だな。だが、その割にあやの年季は短くないか。讃岐屋の後が、津軽の某で、今は別の旦那のところだろう。それほどの女なら、年季が長いか、あるいはとっくにどこかの後妻に納まっていてもおかしくはねえと思うのだがな」

山形将左が疑問を呈した。

「あやさんが耐えられないんでございますよ」

「……どういうことだ。妾をしておきながら、旦那に耐えられないとは穏やかじゃねえぞ」

昼兵衛の返答に山形将左が目を見張った。

「…………」

少し昼兵衛がためらった。

「山形さま、お願いできますか」

「仕事なんだろう。任せてもらおう」

なにをと言わず頼んだ昼兵衛に、なにも訊かず山形将左が首肯した。

「津軽さまがどこまで馬鹿をするか次第ですが、あやさんの守りをしてもらうことになるかも知れません。ならば、知っていていただいたほうがよいですな」

「言わずもがなだが、他言はしねえ」

山形将左が一寸（約三センチメートル）ほど太刀を抜き、音を立てて納めた。

「金打《きんちょう》までしていただかなくとも、山形さまがしゃべられるとは思ってませんよ」

武士が決して違《たが》えぬと約定するときにおこなうのが、金打であった。今のように、鍔鳴りをさせる他、小柄や笄で鍔を叩いて音を出すなどやりかたはいくつかあるが、その約定を破ったときは、切腹するという決まりは同じであった。

「ふん」

少しだけ山形将左が照れた。

「さて、あやさんですがね。あれは初めてあやさんが、妾になったときに遡《さかのぼ》ります。十七歳だったか、漁師をしていた父親が怪我をしたかで、その医者代を捻出するために山城屋へお出でになり、とある旦那のお世話を受けました。まあ、その旦那もいいお方でしてね。妾も何人と面倒を見てこられ、皆手厚くしてくださっていたので、あやさんも懐いて心底のご奉公をしておられたんですが……」

そこで昼兵衛が瞑目《めいもく》した。

「なんと申しましょうか、災難というのはどこに転がっているかわからないというやつでございますな。お店を終えて妾宅まで来られる途中で、旦那が地回りに絡まれてしまったんですよ。黙って財布を差し出せば、それですんだのでしょうがね、旦那がちょっと抵抗したらしく、頭にきた地回りに匕首《あいくち》で腹を突かれてしまった」

「腹か、まずいな。まず助からねえ」

山形将左が険しい顔をした。

「はい」

昼兵衛も認めた。

「妾宅まであと少しというのも、あやさんには不幸でした。旦那は腹を刺されたまま妾宅へ行かれ、あやさんの目の前で亡くなられて……」

「それは心に傷が残るな」

小さく山形将左が首を左右に振った。

「あのときのあやさんの落ちこみようはひどかったですね。結局、わたくしが出張りまして、お店から退き金などを出してもらい、あやさんを引き取りました。それからですね。あやさんは情が移る前に、旦那を変えたいと言われるようになりました」

「恥じ入る。あやのことを少しでも疑った己の見る目のなさが情けない」

聞き終わった山形将左が頭を垂れた。

「半年、一年で旦那をころころ変える女のほとんどは、ろくでもないやつばかりですからね。山形さまのお考えになったことにも無理はございません」

昼兵衛がなぐさめた。

「あやさんのことはここまでにして……津軽さまは、どういう手立てでお出でになられましょうかね」

話を昼兵衛が戻した。

「そうよな。津軽が大馬鹿ならば、徒党を組んで店に暴れこんでくる。馬鹿ならば、山城屋が風呂にでも行ったところを掻っ攫って拷問、普通なら山城屋の後を付けて、あやの居所を探る」

山形将左が告げた。

「向井さまは、そこまでものの見えないお方ではございませんが……」

「江戸へ出てくるなんとかという国家老次席が我慢しないと」

「…………」

確認するような山形将左に、無言で昼兵衛が肯定した。

「最初は後を付ける、だな。その馬鹿が江戸へ出てくるまであと……」

「十日だそうで」

目で問うた山形将左に、昼兵衛が言った。

「江戸へ出てきてすぐに妾宅を設けるわけにはいかねえしな」

「山形さまも参勤のご経験が」

「……ある。一度だけな。おいらが江戸に出ている間に……」

「ああ。もうけっこうでございますする」

額にしわを刻んだ山形将左を昼兵衛が制した。

山形将左は河内の小藩の家臣であった。小町と言われた同役の娘と婚姻していたが藩主によって妻を召し上げられた。それに怒った山形将左は出奔し、浪人となった。

「参勤してから一カ月は、江戸屋敷に閉じこめられるはずだ。江戸でもめ事を起こされてはまずいからな。国元ではどれほど偉くとも、江戸へ来れば陪臣でしかない。すり切れた衣服を身につけているのが御家人だったら、何事でも譲らなければならないのが決まりだ。それを徹底するまでの期間がある」

「一カ月も我慢しますかね」

「しねえだろうなあ。まあ、いいところ十日だろう」

「合わせて二十日でございますか。むうう」

猶予を足し算した昼兵衛が唸った。

「どうした、山城屋」

「あやさんの年季は、この春までなんでございますよ」

「一年か……きっちりなんだな」

参勤交代で江戸に出てきた藩士の姿をしていたならば、年季は春から翌年の春先までになる。

「ええ。あやさんの奉公はそういう決まりでございまする」

「いつまでだ」

「日にちは厳密ではございません。奉公先を終えて、次を探すまでのこともありますし。決まってから、実際に奉公先へ入るまでの準備もございます」

そう言って昼兵衛は、帳面を手にした。

「あの火事で、去年の帳簿はなくしてしまいました。ゆえに正確な日付がわかりません」

いかに客と女のほとんどを記憶している昼兵衛といえども、細かいところまでは無理であった。

「いつここへ顔を出すかわからないのだな」

「はい」

「わかった」

山形将左が立ち上がった。

「一日三百文でいい」

「……それは」

山形将左が口にした金額に、昼兵衛は驚いた。山形将左、大月新左衛門といった山城屋の看板用心棒は、一日一分からが相場になる。一分は一両の四分の一、銭になおして一千五百文ほどだ。三百文で一日働いてくれるのは、破格であった。

「それはいけませんよ。山形さま」

昼兵衛が首を振った。

「山形さまにそのような安い仕事をさせたとあっては、これから先に障ります。妾番で高い金を旦那からいただけなくなりますから」

表向き人入れ屋稼業となっている山城屋の収入は、雇用先と奉公人を巡りあわせる手数料である。当然だが、金額が多くなればなるほど、手数料も増える。

「ここに泊まりこむ。泊まり賃と飯代を引いた形でいいだろう」

「一日一千二百文の宿でございますか。吉原で格子とはいかずとも、そこそこの女を抱いて、朝晩と酒も飲み食いできる金額でございますよ」

「さすがに酒代までは無理だがな」

吉原に馴染みの女を持つ山形将左が否定した。

「形さえ整っていればいいだろう。世のなかなんぞ、そういうものだ」

「たしかにそうでございますが……。わかりましてございまする。ご厚意をありがたくお受けいたします」

昼兵衛が折れた。

「さて、では吉原へ行ってこよう。明日からしばらく顔を出せぬでな。女たちの機嫌を取ってくる」

そそくさと山形将左が山城屋を出ていった。


津軽藩上屋敷に戻った向井の報告に、用人が苦い顔をした。

「妾が手配できなかっただと」

「はい。すでに他のところへ奉公に出ているとかで」

向井が経緯を説明した。

「どこか訊いたのか、奉公先が」

「問いましたが、商売の決まりだからと言って口にいたしませんでした」

「それで、おぬしは黙って退いてきたのか」

用人があきれた。

「当家の出入りを止めると申せば、たかが妾屋風情、震え上がるだろうに。甘いぞ、対応が」

弱腰だと用人が向井を責めた。

「申しましたが……かまわぬと」

「なんだと……」

告げた向井に用人が怒気をあらわにした。

「生意気なことを。わかった。そうしてやる」

用人が山城屋の出入り止めを口にした。

「お待ちを」

同席していた別の藩士が声を出した。

「なんじゃ。須田《すだ》」

「妾屋を敵に回されるのはお止めになられたほうがよろしゅうござる」

須田と呼ばれた藩士が用人を制した。

「どういうことだ」

「妾屋はどこと繋がっておるかわかりませぬ。権門が使用していることがございまする」

「権門……ご老中がか」

「御三家もありえまする」

用人の言葉に、須田が付け加えた。

「留守居役として耳にしたことがございまする。どこの妾屋だったかは失念いたしましたが、妾屋の紹介で尾張家の奥へ入った女が男子を産んだと」

「尾張家の男子だと」

用人が目を大きくした。

「尾張家はそれを奇貨として、その妾屋に士分の格を与えたらしく。もし、それが山城屋であったら、津軽は尾張さまに喧嘩を売ることになりかねませぬ」

「むうう」

用人が困惑した。

「ご用人さま、新崎どのにあきらめて別の女をお薦めしてはいけませぬのか」

向井が問うた。

「国家老筆頭の話を知っているだろう」

「存じておりますが、江戸屋敷には影響ございますまい」

国家老が誰になろうが、江戸屋敷はかかわりがない。国元の藩士と江戸詰の藩士の交流がないわけではないが、重職にかんしてはまずなかった。

江戸詰は代々江戸、国元は弘前《ひろさき》で代を重ね、通婚も養子縁組も手近ですませる。これは、江戸と国元ではなにをするにしてもやりかたが違い、養子や嫁がその差に戸惑い、慣れるまでかなりの手間がかかってしまうためだ。

「新崎どのの娘をお国御前にという話が出ている」

用人が語った。

「なっ」

「それは……」

向井と須田が驚愕した。

お国御前とは、江戸に人質として残さなければならない正室の代わりに、参勤で国元へ戻った藩主の相手をする女のことだ。

正室に準じる扱いを受け、藩主との間に男子を設ければ、その子が世継ぎになることも珍しくない。

これらのことから、国元で名門と言われる家中の娘が選ばれるのがほとんどであった。

「お国御前を出した後、国家老筆頭に新崎どのがなられたら、誰もが娘のお陰だと考えよう」

「…………」

用人の話を肯定しにくい。向井も須田も無言であった。

「それは殿の資質にかかわる。女の色香に迷って、贔屓の引き上げをしたと」

難しい顔で用人が続けた。

「南部にいい嘲《あざけ》りの種を与えることになる。城中で、殿に南部がなにを言うか、想像は付こう」

「はい」

「わかりまする」

津軽と南部の仲の悪さは根強い。城中での格式はわずかに南部が高いとはいえ、ともに外様大名であるだけに、顔を合わす機会も多い。

「家臣筋が」

「いつまでも昔のことを根に持ちおって」

直接の言い合いはまずしないが、聞こえよがしの悪口をかわすのはしょっちゅうである。

とはいえ、目付に咎《とが》められるので江戸城中で喧嘩沙汰はまずいし、大声で怒鳴るわけにもいかない。じっと我慢するしかないだけに、屋敷へ戻ってきてからの怒りがすさまじい。

「殿の悪評はなんとしても避けねばならぬ」

「はい」

主君の悪口を家臣が聞き逃すわけにはいかない。

「かといってお国御前の父を次席家老のままにもしておけぬ。本人も国家老筆頭へ野心を見せている」

「殿の手助けなしで、新崎どのを国家老筆頭にしなければならぬと」

「そうだ」

向井の確かめに、用人がうなずいた。

「知らぬ顔でよろしいでしょう。国元のことは国元でさせればよろしいかと」

須田が面倒くさそうな顔をした。

「そうもいかぬ。殿が、手助けしてやれと」

「殿が……」

「それはまた」

ため息を吐いた用人に向井と須田が顔を見合わせた。

「なんとかいたせ。この件、おぬしに預ける」

向井に任せたと用人が言い、手を振った。

用人の前を下がった向井と須田は、別室で膝をつきあわせた。

「そこまで便宜を図らねばならぬのかの」

向井がため息を吐いた。

「殿がな、新崎どのの娘、いや、お志津《しづ》の方さまとお呼びすべきだろうな、にずいぶんとご執心らしい。その歓心は買いたいが、南部に嫌みを聞かされるのは我慢ならぬと用人どのに厳しく言われたらしい」

須田も嘆息した。

「松の廊下の再演になっては困るな」

浅野《あさの》内匠頭《たくみのかみ》が殿中で遺恨のあった吉良《きら》上野介《こうずけのすけ》に斬りかかった話は有名である。結果、内匠頭は切腹、赤穂《あこう》浅野家は改易になった。そのときには咎めを受けなかった吉良上野介も、後に浅野家の遺臣に殺され、家も潰れている。大名の家臣にとって、主君の側に誰も付いておれず、なにがあっても止めることのできない城中ほど恐ろしいところはなかった。

「そうならぬようにできるだけ、殿のご機嫌を取らねばならぬ」

家が潰れれば、藩士は皆禄を失う。戦国から百九十年余、戦うのが仕事であった武士の居場所はもうない。今、浪人すれば二度と浮き上がれなかった。

「どうすればよいのやら」

一度交渉に出向いて、さんざん言い返されたのだ。向井が肩を落としたのも当然であった。

「まずは山城屋を見張るしかないだろう。そのなんとかという女が来るかも知れぬし、山城屋がそこへ行くかも知れぬ」

「やはりそれからでございますな」

須田の提案に向井が同意した。

「人手は好きなだけ使えるはずじゃ。用人どのが任せると言われたゆえな」

「それだけが救いでござる」

慰める須田に、向井が弱々しく笑った。


昼兵衛は店から出なかった。食事や風呂などの日常生活での外出はしても、客先への訪問は控えていた。

津軽のこともあるが、客が引きもきらなかったのだ。

「忙しそうだな」

会津屋が山城屋を訪れたのは、津軽藩の向井が来て三日目の昼過ぎであった。

「これは会津屋さま。なにかございましたか」

帳面に朝のうちの商いを記していた昼兵衛は、急いで応対に出た。

会津屋は店をたたんだ伏見屋から、山城屋へと移ってきた新規の得意先である。

当初は尊大な態度で昼兵衛は敬遠していたが、そのじつは若い男女の恋を陰ながら支える粋人であった。今は、昼兵衛の斡旋した女を囲っている。

「おつやならよくしてくれている。さすがは山城屋の紹介だと感心しておる」

会津屋が苦情ではないと手を振った。

「さようでございましたか。それはようございました」

男女の仲を仲介する妾屋としては、感情の絡む苦情は避けたい。昼兵衛は安堵した。

「これを納めてもらおうとな」

会津屋が懐から紙に包まれたものを出した。

「納めるとは……」

「儂の調べに京まで人をやったと言っていただろう。かなりの費用がかかったはずだ」

昼兵衛は新たな得意先を受け入れるについて、きちっと身元を調べる。店が左前でないかとか、女をいじめて喜ぶような癖がないかとか、扱うのが人だけになにかあってからでは遅いからだ。

「いただけません。それは商いに要る支出でございますので」

「前も断られたの。だからといって損を出させたままでは、こちらが落ち着かぬ。商いはどちらも喜んでこそ、いいものになる。三十年店をやってきた儂の矜持にもかかわる」

会津屋も退かなかった。

「……ありがとう存じまする」

気遣いに昼兵衛が礼を述べた。

「では、かかったぶんだけを」

紙包みを開いて昼兵衛は三両だけ手にした。

「それだけでは足るまいが」

「はい。ですが、残りは普段でもご新規のお方を調べさせていただくときにも要りようでございますれば。それまで受け取ってしまいますと、妾屋としての誇りに……」

遠慮をまだするのかと怒りかけた会津屋に、昼兵衛は首を振った。

「……そうか」

会津屋が残りの金を懐にしまった。

「ところで山城屋、店の周りに剣呑な連中の姿が見えるぞ」

「申しわけないことでございまする。いささか、無理難題を仰せになられたので、お出入りを遠慮させていただきましたが、どうやらお気に召さないようで」

詳しいことは言えない。昼兵衛があいまいな返答をした。

「顧客相手か。ならばなにも申さぬ。要りようなことがあれば、いつでも言ってくれれば、儂にできる範囲で手助けをしよう」

「お心遣い、感謝いたします」

帰っていく会津屋に昼兵衛は深々と頭を下げた。

「いい客じゃねえか」

奥から昼兵衛を見守っていた山形将左が顔を出し、感心した。

「まことに。最初お目にかかったときは、うるさそうなお方だと思いましたが……」

昼兵衛も同感であった。

「さて、ちょっと出てくるとしよう」

山形将左が太刀を腰に差した。

「やりすぎないでくださいな。町奉行所に目を付けられては面倒でございますから」

昼兵衛が釘を刺した。

「安心しな。武家が相手だと、町奉行所は出てこねえよ」

小さく手をあげた山形将左が、裏から山城屋を出た。

「二人、いや、三人か。素人だな。じっとこっちばかり見ている」

相手を確認した山形将左が、鼻先で笑った。

「覗きは、嫌われるというのを身をもって知ってもらおうか」

笑いを残したまま、山形将左が手近な津軽藩士へと近づいた。

「なにやつだ」

目の前に立った山形将左に、津軽藩士が目を眇《すが》めた。

「ただの浪人だ」

「ならば、さっさと行け。邪魔である」

藩士は浪人を下に見る。犬を追うかのように藩士が手を振って、山形将左に行けと命じた。

「天下の往来だ。どこでなにをしようともかまわないはず。そう、おめえが山城屋をずっと見ていてもな」

「きさまっ……」

指摘された藩士が太刀の柄に手をかけた。

「止めとけ、抜いたらこっちも応じなきゃならなくなる。こんなところで死にたくはないだろう」

山形将左が挑発した。

「言わせておけば……」

格下の浪人に嘲弄された藩士が、あっさりと激発した。

「くらえっ……ぐえ」

抜き撃ちを山形将左へ浴びせようとして、うめいた。

「遅《おせ》え」

山形将左が、藩士の右手首をひねり、へし折った。

「があああ」

激痛に藩士が苦鳴をあげた。

「どうした」

「大丈夫か」

残り二人の藩士が、それぞれ隠れていたところから駆け寄ってきた。

「手、手をやられた」

最初の藩士が右手を抱えて訴えた。

「きさま」

「こいつめ」

同僚を傷つけられたことで頭に血がのぼった二人がいきなり斬りかかってきた。

「問答無用は嫌いじゃねえがよ。もうちょっと間合いを考えな」

昏をゆがめた山形将左が、右手を抱えている藩士の袖を摑んで、斬りかかってくる連中のほうへと回した。

「なにをする」

「危ないではないか」

山形将左を斬り殺そうとしていた二人が、同僚を目の前に出されてたたらを踏んだ。

「その刃をおいらに向けたんだぜ」

文句を言った二人に、山形将左があきれた。

「さっさと帰れ。おまえたちがどこの者かは知れている。とんでもないところから、話が行く前に引いておけ」

「む、きさま、さては妾屋の用心棒だな」

もっとも歳嵩の藩士が山形将左を睨みつけた。

「腕の差も気づいただろう。おめえらていどが束になってかかってきても怖かねえ」

「なんだと」

「無礼な。妾屋風情の飼い犬が、我ら武士を愚弄するか」

手を折った藩士以外が怒った。

「なんなら続きをやるけえ。今度は容赦しねえ。なますに刻んでやる」

山形将左が腰を落とした。

「……うっ」

「むうう」

二人の藩士が詰まった。

「数を集めてきても無駄だぞ。おいらなんぞ足下にも及ばねえ、強いのがもう一人いる。他にも浪人じゃねえが、その辺の二本差しなんぞ、たばこ一服吸う間で倒せるのも三人ほど控えてるぜ」

まだまだ仲間はいると言った山形将左に二人が顔を見合わせた。

「……宇部《うべ》が心配だ」

「医者に連れていかねばならぬ」

仇《かたき》を取るより、怪我をした仲間の治療が優先だと、二人が引いた。

「武士の矜持というやつか。負けたとなると立場が悪くなる。怪我した仲間をかばったとなれば、咎められることはない。名目が立たなきゃ、逃げ出すこともできねえ。武士というのは窮屈なもんだ。生き死にも己で決められる浪人のほうが人がましい」

哀れみの目を山形将左が逃げていく津軽藩士たちの背中へ向けた。

一人の藩士が手首をへし折られ、二人の藩士がなにもできずに退くしかなかった。

「宇部がやられ、尾賀《おが》と飛鳥《あすか》が勝てなかっただと。三人とも江戸屋敷では有数の遣い手であったろうが」

用人が絶句した。

「しかも、それ以上の剣術遣いがまだ控えているとか」

「はったりじゃ、はったり。浪人など食いはぐれた者じゃや。その日の食い扶持を稼ぐのに必死で、剣術の稽古をする余裕などあるまい」

向井の報告を用人は偽りだとして退けた。

「では……」

「その浪人を片付けよ。浪人くらいならば、いくらでもごまかしようはある。そうだ、辻斬りを働こうとしていたのを征伐したとでも言えばいい」

恐る恐る訊いた向井に、用人が指示した。

「三人でできかなかったのならば、五人、いや八人出せ」

「……わかりましてございまする」

江戸家老に次ぐ実力者である用人の命を向井は拒めない。翌日、八人の津軽藩士が山城屋へと送り出された。

「大馬鹿だったようだな」

斬る気で来ている。殺気がだだ漏れで、山形将左はすぐに刺客の襲来に気づいた。

「……多いぞ。山城屋は裏から逃げろ」

負けるとは思わないが、多人数が二手に分かれて一つが昼兵衛を狙っては面倒になる。山形将左は昼兵衛を遠ざけた。

「死なないでくださいよ。妾番が一人になっては困ります」

妾屋の命、帳面を懐へ入れた昼兵衛が裏へ回る前に山形将左を励ました。

「女二人を遺して、あの世に逝けるけえ。七瀬や綾乃以上の女が冥府にいるとも思えねえしな」

山形将左がおどけてみせた。

「……さて」

たすきをかけた山形将左が、太刀を抜いた。

「久しぶりに、本気を出すとするか」

山形将左が目を光らせた。

裏から逃げ出した昼兵衛は、走った。草履が脱げ、足が縺《もつ》れてもなんとかこらえて、駆け続けた。

「大月さま」

三筋ほど離れた袋小路の奥、一軒のしもた屋の引き戸を開け放ちながら、昼兵衛が叫んだ。

「どうした」

その切迫した声に、大月新左衛門が飛び出してきた。

「店の前で、山形さまが……」

息が続かないなか、要点だけを昼兵衛は伝えた。

「承知」

それ以上聞かず、大月新左衛門が飛び出した。

「……お願いしますよ」

少し息が落ち着いた昼兵衛が大月新左衛門に託した。

山城屋の暖簾を撥《は》ねた山形将左は、辻の真んなかへと出た。

先日の生き残りの藩士が指さした。

「あいつだ」

「無駄死にしに帰ってきたか」

山形将左がわざと唇をあげて歯を見せた。

「……囲め」

立派な身形の藩士が、配下たちに指示した。

「おう」

数名の藩士たちが、山形将左の両脇を駆け抜けて後ろへ回りこもうとした。

「間抜けなことだ」

山形将左が、大きく左に踏みこみ、太刀を薙《な》いだ。

「ぎゃっ」

「ぐあああ」

回りこもうとしていた二人の藩士が山形将左の一撃で血を噴いた。

「うおっ」

「わあ」

右から迫っていた二人が、あわてて止まった。

「くそっ、罠か。戻れ」

立派な身形の藩士が、苦い顔をした。

「ちっ、二人だけか」

山形将左が唇を噛んだ。

道の真んなかに立ち、左右を開けることで山形将左は罠を張った。大勢で一人、二人を仕留めたいときは、どうしても背後に回りこみ、囲もうとする。数の優位を存分に使うためである。それを山形将左は利用した。山城屋は表通りにではなく、一本入った辻に面している。長屋の路地ではないが、辻はせいぜい二間（約三・六メートル）幅しかなく、左右どちらも一歩踏みこめば太刀の間合いに入った。

「三人で二列になれ。中央が牽制《けんせい》しつつ、左右から隙を見て斬りかかれ」

立派な身形の藩士が策を変えた。

二間辻では、三人並ぶのが精一杯で、それ以上になると味方の太刀で、仲間を傷つけかねない。

「来い」

山形将左が、太刀から外した右手で手招きをした。

「……くっ」

挑発する山形将左に藩士たちが怒るが、目の前ですさまじい剣技を見せつけられたばかりである。さすがに一人で突っこむだけの勇気はなかった。

「呼吸を合わせよ。どのような達人でも、一度に対応できる数には限界がある。見ろ、あやつは刀を一本しか持っていない。三人でかかれば、一人にしか対応できぬ」

立派な身形の藩士が、一同を励ました。

「おおっ」

「そうである」

前列の意気があがった。

「なあ、それは一人死んでる間に、二人で倒せということだぞ。その一人に誰がなる」

山形将左がわざわざ教えてやった。

「…………」

「あっ」

前列の藩士たちが互いを見つめた。

「なにをしている。藩命ぞ」

命じられたことを果たさねば、浪人させられるかも知れない。金のない大名は、どうにかして人減らしをしたいのだ。藩命をしくじっては、首になりかねない。

「行くぞ」

「わかった」

三人が太刀を振りかぶった。

「せええのおお」

真んなかの藩士が音頭を取った。

「今だ」

「やあ」

三人が太刀を振り落とした。

「……はああ」

山形将左がため息を吐いた。

三人とも死人に選ばれたくないため、どうしても他の者よりも踏みこみが浅くなる。他人を盾にしようとした一撃など、届きもしなかった。

「馬鹿者どもが。なにを竦《すく》んでおる。相手は一人ぞ」

後ろから立派な身形の藩士が叫んだ。

「もう一度行くぞ」

「ああ」

二度も叱られた三人の顔色が変わった。

「やる気になったかい」

山形将左も真顔になった。

「やれ。斬れ」

立派な身形の藩士が命じた。

「他人任せにするな。将が前に出てこそ、兵は命をかける」

その後ろから声がした。

「なんだ……」

「新左衛門か」

立派な身形の藩士が驚き、山形将左が援軍に頬を緩めた。

「後ろの三人、もらうぞ」

大月新左衛門が太刀を鞘走らせた。

「後で一杯おごろう」

山形将左が首肯した。

「仲間か。おまえたち、斬り捨てろ」

「はっ」

「うけたまわった」

後列の二人が、大月新左衛門へ立ち向かおうとした。

「ぬん」

走ってきた勢いを乗せて、大月新左衛門が太刀を二度閃《ひらめ》かせた。

「ぎゃああ」

「ぐっ」

二人の藩士が袈裟懸けに斬られて絶叫した。

「では、こちらも」

背後の絶叫に意識を持っていかれた前列の三人を、山形将左が斬り伏せた。

「えっ……」

一瞬で五人を失った立派な身形の藩士が呆然となった。

「…………」

その前に大月新左衛門が太刀を上段に振りかぶって立ち塞がった。

「な、なんだ。なんなのだあ」

立派な身形の藩士が恐慌に陥った。

「配下の責任を取るのは、将の務めだ」

大月新左衛門が、太刀を下段に構えた。

「ひっ」

「後を追ってやれ」

腰の引けた立派な身形の藩士へ、大月新左衛門が引導を渡そうとした。

「大月さま、待ってくださいな」

昼兵衛が制止した。

「やれ、間に合った。まったく、こんなに走り詰めだと、明日は足に身が入りますよ」

ぼやきながら、昼兵衛が大月新左衛門へ駆け寄った。

「どうした、山城屋。仏心でも起こしたか」

太刀を拭いながら、山形将左が首をかしげた。

「まさか。人を殺しに来た者は、殺されて当然でございますよ。慈悲なんぞかけません」

昼兵衛が首を横に振った。

「では、なぜ止められたのだ」

油断なく、立派な身形の藩士に切っ先を模しながら大月新左衛門も尋ねた。

「死体の始末をしてもらわないと困りましょう。あと、藩のお偉いさまに伝えてもらわないといけません」

昼兵衛が立派な身形の藩士を見た。

「このままだとお家の名前が出ますよ。藩士が御城下で商家を襲ったとなれば、無事ではすみませんよ」

「うっ……」

「言っている意味はわかられますね。なかったことにいたしましょう。ここで争いはなかった。つまり、遺恨もない。よろしゅうございますね」

後々報復だ、復讐だと騒ぐなよと昼兵衛が釘を刺した。

「…………」

「もう一つ、わたくしは尾張家から藩士格をいただいております。次は尾張藩を通じて、抗議させていただきます」

「尾張……」

さっと立派な身形の藩士の顔が白くなった。

「では、お早めに動かれることです。山形さま、大月さま、ありがとうございました。お疲れ休めに一献参りましょう」

昼兵衛が山形将左と大月新左衛門を誘った。


津軽藩上屋敷は大騒動になった。藩士の死体をあわてて回収し、重職たちが対策を協議する羽目になった。

「勝手なまねを……今後は山城屋へ近づくな」

経緯を初めて知った江戸家老が激怒した。

「しかし、それでは新崎どのを優遇せよとの殿のご意向が……」

「そなたは長屋へ戻り、謹慎しておれ。殿には儂から自重をお願いする」

家老職の諫言《かんげん》は主君にとっても重い。拒絶すればすむといえばすむが、諫言を聞いてもらえなかった家老は役を辞すことになり、それは藩の人事に大きな影響を及ぼす。家老の意見には一定の配慮をするのが慣例であった。

「もし、尾張藩から苦情を受けてみろ。殿にご隠居願うことになるぞ」

将軍家に人なきとき、本家へ血筋を返すためとして徳川家康によって設けられた御三家の格式は高い。外様の大名の首を据え替えるくらいは簡単にしてのけた。

「それは……」

主君が代わってしまえば、お国御前もなにもあったものではない。用人が言葉を失った。

「新崎どののことはどういたしましょう」

向井が問うた。

「放っておけ。己の下の世話ぐらい、己でさせろ」

江戸家老は誰が国家老筆頭になろうとも、生涯会わずともすむ。江戸家老が冷たく向井を突き放した。

穏やかな日々を取り返した山城屋に、見慣れぬ武士が訪れた。

「そちが、山城屋か」

「さようでございますが、どちらさまで」

覚えのない顔に昼兵衛が首をかしげた。

「津軽の国家老次席新崎多聞《たもん》である」

「……あなたさまが」

名乗りに、昼兵衛は驚いた。

「藩邸で聞いた。そなたが邪魔をしたそうだな」

「邪魔とはずいぶんなおっしゃりようでございますな」

文句に昼兵衛も言い返した。

「あの女を出せ」

「前の男と比べさせてどうしようと」

昼兵衛が疑問を呈した。

「妾宅に藩士たちを招き、酒宴を開き、その席で、前の浦上と儂のどちらがよい旦那かを妾に言わせるのだ。さすれば儂のほうが男として上だと見せつけられよう。

あとは、その者たちが国元で噂をしてくれよう」

腹心を利用して評判を取るのだと新崎が言い放った。

「はあ……」

大きく昼兵衛がため息を吐いた。

「妾は商売でございますよ。今、金を出してくれている男が一番なので。そんなもの、男ぶりの証明にもなりませんな」

「前よりましと言わせるだけでよい」

あきれた昼兵衛に新崎が言い返した。

「なら、新崎さまの後の旦那は、あなたさまより上となりますな。次の参勤でまた浦上さまがお出でになられたら……」

「国家老筆頭になっていれば、あとはどうでもよい」

新崎が放言した。

「よろしいのでございますか。聞けば、国家老筆頭さまはお身体の調子を崩されているとか。そんなときに江戸でのんびり妾を抱いていて。あなたさまが帰られるまでに、国家老筆頭さまになにかあれば……」

「むっ」

昼兵衛の意見に新崎が難しい顔をした。

「すぐに弘前までお戻りになられたほうが……」

「浦上よりも男をあげてくるとして、参勤に割りこんだのだ。江戸まで往復しただけとあっては、笑いものになる」

勧めた昼兵衛に、新崎が首を左右に振った。

「江戸で男ぶりをあげてお帰りになられればよろしいのでございますな。でしたら、妾よりも吉原の太夫をお揚げなさるべきでございまする」

「遊女であろう。遊女など……」

新崎が汚らわしいと表情をゆがめた。

「とんでもない。吉原の太夫をその辺の遊女と比べられては困りまする。吉原の遊女には松の位が与えられておりまする」

「松の位だと……」

新崎が驚いた。

松の位とは従五位相当を意味する。もちろん、僭称《せんしょう》でしかないが、平安のころは御所にまで遊女が参内したことを前例とし、名乗っても黙認されていた。

「しかも吉原の太夫は、己にふさわしい客でなければ、閨を共にいたしません。それだけの格と矜持を誇っておりまする。過去には越前の太守松平忠直《ただなお》公も通われ、二代目高尾《たかお》太夫は伊達公が落籍されたとも伝えられておりまする」

「越前公に伊達公か……」

新崎が身を乗り出した。

「閨ごとはもちろんのこと、和歌詩吟、茶華道に優れた太夫を側に侍《はべ》らせる。江戸中の男が憧れておりながら、かなわぬ夢。それを果たされたほうが、よろしゅうございましょう。なにせ、吉原の太夫が新たな馴染み客を作ったというだけで、瓦版《かわらばん》が出るくらいでございまする」

「瓦版が出るか。それはよい。いい土産になる。ふふふ、儂が天下の美女を組み敷いたと知ったときの浦上がどんな顔をするか……楽しみじゃ」

にやりと新崎が笑った。

「山城屋、どうすれば吉原の太夫を吾がものにできる」

「わたくしごときではわかりませぬ。吉原には留守居役さまがお詳しいはず。そちらでお訊きになっていただいたほうが……」

「そうか。留守居役だの。では、早速に」

別れの挨拶もなしに、新崎が帰っていった。

「なんだ、あれは」

奥で聞いていた山形将左があきれ果てた顔で出てきた。

「明日の心配をしなくていい泰平というのは、庶民にとってありがたいものでございますが、お武家さまにとっては毒なんでございましょうねえ。することがなくなる、いや、いてもいなくても困らないから、なんとかして己を主張なさりたくなるのでしょうか」

昼兵衛もなんとも言えない表情を浮かべた。

「お二人とも、どうしたんですか。なんか、疲れ果てておられませんか」

新崎とほとんど入れ替わるように、二十五、六歳の年増女が暖簾を潜って入ってきた。

「あやさんじゃありませんか」

「これは……」

女を見た二人が息を呑んだ。

「年季が明けたから、次を紹介してもらおうと思って来たけど……あたしがなにか」

あやが二人の様子に怪訝な顔をした。

「そこでお武家さまとすれ違わなかったかい」

「険しい顔のお人なら、そこで行き違いましたけど……」

尋ねられたあやが答えながら首をかしげた。

「そうか、初めて江戸に出てきたあいつはあやのことを知らないのだ」

「たしかに、さようでございましたね」

思い出した山形将左に昼兵衛がうなずいた。

「……ねえ。なにが」

放っておかれたあやが困惑した。

「いや、ごめんなさいよ。ちと予想していなかった事態にうろたえてしまってね」

昼兵衛があやに詫びた。

「さて、あらためて、お帰りなさい。よくご奉公をしてくれました」

「いいえ。いつもいい旦那さまを紹介してもらって、助かってます」

ねぎらった昼兵衛に、あやが礼を述べた。

「少し休むかい。それともすぐに次の奉公先を探すかい」

「次をお願い」

仕事の話をした昼兵衛に、あやが求めた。

「決まりだからね。次の月のものが来るまでは待ってもらうけど……そうだねえ、あやさんに合いそうなお方は……」

帳面を繰り始めた昼兵衛の頭から、新崎のことは消えていた。

第四章　夏の章

夏の妾屋は暇である。

やりたい盛りの若い男ならばともかく、店も家庭も落ち着き、若い娘でも囲おうかといった旦那衆は、そこまで閨ごとを求めていない。なにも暑いさなかに、汗を搔くようなまねをしたいとは思っていないのだ。

なにせ、心の底から愛《いと》しいと思っている相手でも、蒸し暑い夜など一つの夜具にくるまっていたら、蹴飛ばしはしなくとも、間を空けたくはなる。

夏に妾を求める客は、そうそういない。

また、旦那を求める女も、夏は少なかった。

妾になる女は、田舎から江戸へ出てくる百姓の娘がほとんどである。稲の稔りを前にした夏は、田の草取り、稲刈りの準備と百姓にとって人手のいる時期だ。さらに百姓が金に困って、娘を売る羽目になるのは年貢の納付が困難だとわかってからで、いかに今年も米の稔りが悪いとわかっていても、早めに身売りをさせようとは思わない。

　この結果、夏の妾屋は客も女も少なく、閑散とする。

「よろしいのですか」

　床に寝転がって、貸本屋が持ちこんだ黄表紙《きびょうし》を読んでいる山城屋昼兵衛に、女の声がかかった。

「うん、客が来ませんからねえ。店を開けておいても意味がないでしょう」

　昼兵衛が黄表紙から顔をあげずに答えた。

「さようでございますか」

　女が苦笑した。

「どうかしたかい」

　ようやく昼兵衛が顔をあげた。

「いえね。お休みならば、家でじっとしているのは、もったいないと」

　女が昼兵衛にねだるような顔をした。

「見たい芝居でもあるのかい」

昼兵衛が起き上がった。

江戸の娯楽で第一にあげられるのが芝居であった。続いて物見遊山、相撲《すもう》、見世物小屋などになった。

「芝居を見られるのはうれしゅうござんすが、もう昼。今から出かけては、二番ほどしか見られませんん」

芝居は夜明けごろに始まり、夕刻に終わる。これは芝居小屋のなかを照らすほどの灯りを用意するとなれば、かなりの金額になるからであった。また、火事の原因となることもあり、夜芝居は幕府の許しが出ないのもある。

「そうかい。評判のところを二幕ほど見て、その後両国辺りで食事をしてと思ったのだけどね」

昼兵衛が考えを述べた。

「うれしいことではございますが、やっぱり芝居は朝からしっかり見たい」

女が首を横に振った。

「となると……茶屋に手配をお願いしなければいけないね」

昼兵衛が行こうと女を誘った。

「まあ、うれしいこと」

女が昼兵衛に抱きついた。

「こっちも柔らかいうえにいい匂いがして、うれしいんだけどね。ちいと暑い」

昼兵衛が苦笑した。

「つれない旦那」

離れた女がすねた。

「しかたないじゃないか。夏だよ、今は」

今度は昼兵衛が女に手を伸ばした。

「……………」

それでも女はそっぽを向いたままであった。

「お京《きょう》」

昼兵衛が女の名前を呼んだ。

「……………」

京と言われた女はまだ昼兵衛を見なかった。

「悪かったよ」

昼兵衛が後ろから手を回して、京の襟元へ入れた。

「……あっ」

京が身じろぎをした。

「…………」

無言で昼兵衛は、京を押し倒した。


「もう……」

上半身を起こした京が乱れた髪に手を当てながら、昼兵衛を甘く睨んだ。

「頼むよ、こっちは若くないいんだから」

昼兵衛が機嫌のなおった京を見ながら、嘆息した。

「女は不安なんでございますよ。旦那がまだあたしに女を感じてくださっているかどうかが」

「なにを言っているんだい。気に入っているから、ずっと一緒にいるんだろう」

京の言葉に、昼兵衛はあきれた。

「ですが、もう五年でございますよ。あたしも今年で二十八歳になりました。もう、大年増どころではございません」

すっと京が目を伏せた。

江戸の女は田舎よりも晩婚だが、それでも十八歳ごろまでにはほとんどが嫁に行く。それをこえると年増と言われ、二十五歳くらいで大年増と呼ばれた。

「まだ二十八歳じゃないか。知っているかい。将軍さまの大奥ではね、三十歳になるまでお相手を務めるそうだよ」

「あと二年だと……」

また京が、目つきをきついものにした。

「そういう意味じゃないさ。わたしとしてはね、お京にずっと面倒を見てもらおうと思っているんだよ」

昼兵衛が口にした。

「なら夫婦になればいいというものなんだけどねえ。妾屋をやっているかぎりは、そうしないと決めているんだよ」

「どうしてでございますか」

昼兵衛の言い分に、京が疑問を呈した。

「…………」

一瞬、昼兵衛が言いよどんだ。

「別に無理をしてまで聞きたいと……ただ……」

妾は旦那の機嫌を見る。あわてて京が言いわけをしようとした。

「隠すほどのことじゃありませんよ」

手で昼兵衛が、少し顔色を変えた京を制した。

「妾屋は、女の一番いい時期を商売にしています」

客のなかには、三十過ぎの落ち着いた女を求める者もまれにいるが、そのほとんどは十五歳くらいから、二十五歳くらいまでを妾にしたがる。

「年季を終えるまでに、金を貯めて茶店をするなり、田舎に田を買うなりできる者や、旦那の後添いに入れた者などはいいですが、それはごく一握り。ほとんどの女は、いい時期を犠牲にして得た金を己のために使えない」

閨ごとが好きだからという女、一度縁づいて夫というものに懲りた女、後家になったが実家に戻れない女というのもいるが、やはり借金のために妾になったというのが、もっとも多い。

吉原や岡場所に身売りをすれば、一度に大金が手に入るが、あとは地獄になる。そこまでではないけれど、身内の病気のため、弟に学問を付けさせるため、実家の商売の足しにするため、金が欲しいという者にとって、妾はありがたい。

不特定多数の男に身体の調子も気遣われず毎晩股を開くより、一人の旦那を相手としているほうが気分もましである。月のものが来れば、閨ごとは避けてくれるし、遊女のように客が付かなかったからといって食事を抜かれたり、その日の揚げ代を借金に上乗せされたりしない。

しかし、金のために身体を売っているには違いないのだ。己の身体が商品になり得る時期を過ぎたらそれまでであった。

「ご苦労だったね」

もう次の旦那が付いてくれそうにない妾の退き金は少ない。

今までなら十両もらえたのが、三十歳をこえると二両くらいに減る。もちろん、情け深い旦那だと、後々の生活もあるだろうといって五両とか八両とかくれるが、縁切りする相手にそこまでしてくれる男はそうそういない。

「なんとかしてくださいよ」

妾屋に旦那の無情を訴えても、まず対応はしてくれなかった。

「もう、おまえさんはうちの商品じゃないから」

旦那が付かない妾は、ただの女でしかなく、妾屋にとって客でも商売道具でもなくなる。

妾屋といえども商売なのだ。関係のない者には冷たい。

「もうちょっと色を付けてやっていただけませんかね」

女に同情して客のもとへ頼みに行ったところで、まず無駄足になる。

「わたしに無駄金を遣えと」

下手をすれば、客の機嫌を損ねて、出入り先を失いかねない。

「妾をやっている間に、後のことを考えていなかったおまえさんが馬鹿だったのだよ」

こう言って泣きついた女を追い返す。

でなければ、いつまでもすがってくる。

「妾屋は非情なものですよ。女が商売になる間だけのつきあい。売り払い、地獄へ沈める女衒よりちょっとだけましというていど」

昼兵衛が苦く頬をゆがめた。

「嫁に行き、あるいは婿を取り、子を産んで代を続ける。普通の女が手にする幸せを、妾屋は金に換える。そんな女の華を食い潰す妾屋が、妻を娶り子をなすという人並みの生活をするなんぞ、許されるわけございません。かといってわたしも男ですからね。女が欲しくなるときもある。ですが、そのたびに遊女を買いに行ったんじゃ、寂しすぎましょう。男と女のなかに、閨ごとしかないのはいくらなんでもねえ」

なんとも言えない顔を昼兵衛は浮かべた。

「その点、妾は一対一だからね。一緒に食事もするし、たまには物見遊山に出かけることもある。情がね、わくでしょう。なにより、女にも旦那を選ぶことが許されている。遊女はどんなに嫌な男でも買われれば、身体を預けなきゃいけない。妾は、相性が悪いと思えば、奉公しなければいい。奉公途中でも辞められる。ようは、嫌な男じゃないということだね」

「……旦那」

京が昼兵衛の顔を見た。

「心がね、あるんですよ。旦那と妾の間にはね。それがたまらなく、安らぐんですよ」

　昼兵衛が京を抱きしめた。

「今までで、京がもっとも合う。そちらが嫌じゃなければ、ずっと一緒にいてもらいたいと思ってます。わたしのほうが十歳以上歳上だからね、先に逝くことになる。そのときは、残ったものをあげます。それで勘弁してもらうしかないけどね」

「お店はどうなさるので」

　京が問うた。

「この商いに向いた人がいれば、譲るつもりでおりますよ」

「そのような人が……」

　客と女の間を取り持つだけでなく、なにかあったときの対処もする妾屋は難しい商売であった。

「一人、目を付けている人は、いますよ。まあ、まだまだ世間がおわかりでないから、譲るとしても当分先ですがね」

　抱きしめていた手を昼兵衛は緩めた。

「汗を掻いてしまいました。行水でもしましょう。たらいは庭にありましたよね」

昼兵衛が立ち上がった。


大月新左衛門は両刀を腰に差した。

「では、行ってくる」

「今度は十日でございましたか」

袴《はかま》の腰板《こしいた》をなおしながら、妻の八重が問うた。

「ああ。十日したら帰れる」

うなずきながら大月新左衛門が答えた。

「十日も……」

少し不満そうな口調の八重だが、最後まで言わなかった。

「すまぬな。これも仕事ぞ」

大月新左衛門が詫びた。

暇になる妾屋とは逆に、妾番は多忙を極めた。

妾番は、評判になるほどの美形を妾にした旦那が、浮気を心配して付けるものだ。

場合によっては間男を退治しなければならなくなるため、腕が立たなければならないのはもちろんだが、それ以上に信用が重きをなす。

妾に番人、下手をすれば猫の前に鰹節《かつおぶし》になりかねない。その心配を旦那にさせては、なんのための妾番かわからなくなる。

大月新左衛門は昼兵衛の持つ看板用心棒二枚の一枚であった。

ではなぜ妾番は夏に忙しくなるか。

暑いため、あるていどの年齢になった旦那は出歩きたくなくなる、それを押してかわいい妾のもとへ通っても、閨を共にする気にならないのだ。

当然、旦那が妾宅で泊まる回数は減る。となれば、浮気を心配したくもなるのだ。

そこで妾番の需要は高まる。

大月新左衛門と山形将左、山城屋の二枚看板はまさに休む暇もなく働いていた。

「わかってはおりますが……」

八重が口を尖らせた。

大月新左衛門の妻となった八重も、もとは妾であった。いや、妾と言うには少々問題はある。八重は奥州仙台六十二万石伊達家八代藩主斉村《なりむら》の側室であった。

浪人者の娘であった八重は、弟を世に出し家名を復興させるための金を稼ぐべく、山城屋昼兵衛の店を訪れた。ちょうどそのとき、藩主の側室を探すために、伊達家の用人が山城屋を訪れ、八重を紹介された。

このままいけば、八重は伊達の側室として、籠の鳥ながら衣食住を保障され、その寵愛《ちょうあい》次第では弟も藩士として召し出されるはずだった。

不幸だったのは、伊達家が飢饉《ききん》から来る財政不安の最中であったことだった。また、それを乗り切るだけの手腕を斉村が持っていなかった。

結果、伊達家は、斉村を援護する者と新しい藩主のもとで思い切った改革に出ようとする者に割れた。

その騒動に藩主側室の八重が無縁でいられるはずはなかった。

大月新左衛門との出会いも騒動であった。当時、伊達藩士であった大月新左衛門は上司から八重の身辺警固を命じられ、騒動に巻きこまれた。

さほどの身分でなかった大月新左衛門は、伊達斉村を藩主の座から降ろしたい派から八重排斥の障害として狙われた。そのなかには大月新左衛門の叔父もいた。

八重を危険な目に遭わせた。これを知った昼兵衛が介入、八重を伊達家から引かせた。

そのとき、宮仕えの理不尽さに愛想を尽かしていた大月新左衛門も伊達家を退身、浪人となった。後、紆余曲折《うよきょくせつ》を経て、二人は夫婦となり、八重は家で針仕事、大月新左衛門は山城屋の手札《てふだ》として用心棒をし、世過ぎをしてきた。

つまり、八重も大月新左衛門の仕事をよく知っているのだ。

「いつもならば、このようなことは申しませぬ」

八重が大月新左衛門をじっと見た。

「今回の依頼主は、山城屋さまのお客ではないと聞きました」

「たしかにそうだ」

大月新左衛門が妻の言葉にうなずいた。

夏は妾屋が暇になるぶん、妾番は忙しい。山城屋のように看板となる妾番を二枚も持っている妾屋は少ない。江戸で名の知れた相模屋だとか、京女専門で鳴らした四条屋でも妾番は一人くらいしかいない。それだけ妾番は難しい。腕が立つだけではだめなのだ。妾が浮気をしないように見張りつつ、妾宅を守る。

妾宅には、旦那の隠し財産が置かれていることがある。

とくに婿養子などで肩身の狭い思いをする旦那たちは、妾宅で心を休める。しかし、それには金がかかる。なにかあったとき、店にしか金がなければ、婿養子は身動きが取れなくなってしまう。しくじって家付き娘を怒らせ、放逐されてもしばらく生きていけるだけの金を、妾宅に隠す婿養子は多い。

今日から大月新左衛門が行く妾宅も、旦那が婿養子であった。

そもそも今回の話は、山城屋のものではなかった。いや、山城屋を経由していたが、その客は相模屋の常連であった。

「頼む、山城屋さん。どうしても妾番が一人要る。うちでは信用できる者が出張っていて、回せる人材がいないのだ」

十日ほど前、山城屋昼兵衛のもとを相模屋の主が訪れた。

相模屋は江戸でも指折りの人入れ屋である。江戸城への出入りも許され、老中たちとも面会できる。江戸の妾屋を束ねる頭分と言える。

その相模屋の頼みとあらば、昼兵衛も無下にはできなかった。

「うちもぎりぎりなんでございますがねえ」

最初昼兵衛は渋った。

実際、妾番の派遣を求める顧客には困っていなかった。

「わかっている。わかっているとも。その辺は、十分に手当させてもらおう」

相模屋が金ははずむと言った。

「まずは、お客さまのことをお聞かせいただきましょう。それからのお話で」

金の話よりも、状況の説明を昼兵衛は求めた。金の嵩が多いと、ついそれに惹かれてしまい、条件などを聞かずに引き受けてしまう。給金の高さに目がくらんで、ずいぶんとひどい目に遭ったという話はいくらでもある。

妾番に入ったら、地回りの親分の妾で、妾宅で賭場《とば》が開かれたうえ、その用心棒として暴れる負けた客の排除をさせられたとか、妾だと思ったら病気療養のために別宅で過ごしていた正妻で、その浮気相手に仕立て上げられそうになったとか、ろくでもない思いをして江戸から去った浪人もいる。

昼兵衛は相模屋といえども、信用はしていなかった。

「もと氷川《ひかわ》の糸問屋川崎屋《かわさきや》を知っているだろう」

「存じておりますよ。江戸で五本の指に入る糸問屋の大店さんで」

確かめる相模屋に昼兵衛が答えた。

「当代さんが、婿養子だというのは」

「それは知りませんでした。なにせ、おつきあいがまったくございませんから」

昼兵衛が首を左右に振った。

「そうかい。今の旦那はね、もとは同業の安中屋《あんなかや》の三男だったのが、川崎屋の一人娘の婿として入ったんだよ」

「なるほど」

「同業といっても、規模が違いすぎる。川崎屋と比べたら安中屋なんぞ、ないも同じというくらい差があってね。婿というより奉公人だね」

哀れみの声を相模屋が出した。

「よくあるお話でございますな」

昼兵衛はそんなに反応しなかった。

天下の城下町とはいえ、仕事には限界がある。店も無限に増やせるわけではない。商家の息子でも長男以外は、独立するか、婿養子に行くか、奉公人になるかとなる。独立は実家が裕福か、よほど能力があるかでないと難しい。その点、婿養子は苦労せずに、それなりの店の主になれる。

婿養子は幸運な部類であった。嫁の尻に敷かれるくらい、己で一から苦労して店を出すことに比べれば、はるかに楽なことだと昼兵衛は考えていた。

「まあ、そう言うてやらんでくれ。婿養子の、名前を言ってなかったな、次郎右衛《じろうえ》門《もん》さんはなかなかのやり手での、川崎屋をずいぶんと大きくした」

婿養子に選ばれるくらいである。無能ではない。

「その次郎右衛門さんだが、不幸でな。家付き娘は二人目の子供を産んだ後、体調を崩し、あっけなく死んでしまった。普通ならば、遠慮しなければならない家付き娘がいなくなった。跡を継ぐべき息子はまだ小さい。当分は店を思うがままに差配できる。こう、喜ぶところだ」

婿養子はその店の血を引いていない。家督を正式に継ぐことはできず、家付き娘の婿として、仮の主として扱われているだけで、妻の血を引く息子が成人すればすぐに隠居して主の座を譲らなければならなかった。

「家付き娘は死んだが、姑《しゅうと》は残った」

「それがなにか」

昼兵衛が首をかしげた。

姑を残して、妻が死ぬことはままあった。

「姑ならば、やはり出はよその家。商売に口出しはしないはず」

「川崎屋さんは、二代続いて婿養子なんだよ」

相模屋が告げた。

「それは、たいへんな」

姑まで家付き娘だったのだ。婿養子が店のことを思うとおりにすることなど許すはずはなかった。

しかし、店の経営から外れて年数が経ちすぎている。娘婿から店を取り上げるわけにもいかない。

「閨のなかでは対等になれた妻とは違い、姑相手では気が休まらない」

「でしょうな」

相模屋の言い分に昼兵衛が首肯した。

「そこでまあ、妾を囲うことにしたんですよ。それについては姑も認めたようで」

まだ若い娘婿には女が要る。下手に吉原などの遊郭に通われるより、妾のほうが安上がりになる。なにより、居所がはっきりする。

「できたお姑さんですな」

女は男の生理を理解しない。もっとも男も女の事情を気にかけはしない。どちらも相手のことを 慮《おもんぱか》らないのが普通である。

「その代わり、娘の忘れ形見である孫が十八歳になったら、店を譲って出ていけと約束させられたそうでな」

「それはまた厳しい」

娘婿というのは、早くに家督を息子へ譲らなければならないが、その後は隠居所あるいは郊外の寮で十分な手当をもらいながら、余生を過ごすのが決まりであった。それを川崎屋の姑は、妾を認める代わりに奪い取ったのだ。

「あと十二年しかない。そこで、次郎右衛門さんは、放り出された後の生活を考えたわけだ」

婿養子に出た以上、実家は頼れない。次郎右衛門は余生を己でなんとかしなければならなくなった。

「隠し財産でございますか」

「…………」

昼兵衛の確認に無言で相模屋が認めた。

「その妾宅をなぜ今だけ守るので」

昼兵衛が尋ねた。

貴重なもの、金を置いているところに、人を配するのは当然であった。人がいるというだけで、盗人への抑制となる。日ごろの警固はどうしていたのかと、昼兵衛が首をかしげた。

「普段はどうしているのかと訊きたいのだね」

相模屋が念を押した。

「はい」

「次郎右衛門さんが、住んでいるからね」

首肯した昼兵衛に、相模屋が答えた。

「えっ……」

昼兵衛が唖然とした。

「本宅を追い出されているんだよ、次郎右衛門さんは。子供たちの情が移ると言ってね。情が移れば、子供が次郎右衛門さんから家督を継いだときに放逐しないと言い出すかも知れないだろう」

　相模屋が嘆息した。

「どうやら娘を死なせたのは、次郎右衛門さんが無理に閨ごとを求めたせいだと思いこんでいるみたいでね。家付き娘さんは身体の弱い方だったらしく、最初に男の子が生まれて跡継ぎができた段階で、婿さんの旦那としての役目は終わった。つまり、娘に負担をかける閨ごとはもうさせないと姑は宣言したとか。しかし、若い男女だよ。しかも家付き娘が旦那を見そめて婿に迎えたんだ。年寄りの目を盗んでとなるのは当然。で、二人目ができてしまい、産後の肥立ちが悪かった家付き娘は死んでしまった。それを姑は恨んだ」

「それはまた、姑もすごいお方でございますな」

　昼兵衛が感心した。

　男と女が惹かれあうのは、子供を残したいという想いから来るものでもある。男は女に子を産まそうとし、女は気に入った男の子供を孕もうとする。こうやって人は代を紡いできた。もちろん、なかには想いではなく、血を残さなければという義務やその子供を利用してなにかしらの利を得ようとの打算の結果もあるだろう。

だが、そんなのは将軍、大名など、雲の上の話で、庶民たちの場合はほとんど互いに相手の血を受け継いだ子供が欲しいから、相手を抱き、抱かれるのだ。

それを姑は理解していなかった。

「さて、話をもとに戻しますよ。次郎右衛門さんが、妾宅の用心棒を求めているのは十日間、その理由は商いです。どうしても当主が出ていかなければならないところへ商談をしに行くため、江戸を離れられる。その間の警固をお願いしたい」

相模屋が告げた。

「用心棒ならば、相模屋さんのところにもおられましょう」

相模屋に出入りして、商家の用心棒を務めている浪人は、昼兵衛が知っているだけで十人はいる。

「妾番のできるお方は……」

相模屋が首を横に振った。

「妾に手出しをすれば、相模屋さんから出入り禁止になる。それこそ、顎が干上がりましょう。そんな馬鹿をするお方が、そうそうおられるとは思えませんが」

目の前に美形の妾がいる。男なら手出しをしたくなる場面ではあるが、やってしまえば二度と相模屋から仕事はもらえなくなる。だけではない。相模屋から、こいつは信用できませんと絶縁状を江戸中に回される。そうなった浪人を雇うところなどない。

「たしかに相模屋を敵に回すようなまねはしませんでしょうがね。何度もうちの仕事をしてくれているお方たちは、あいにく出払っててね。今、都合が付くお人はねえ……」

なんとも言えない顔を相模屋が見せた。

「なるほど……」

昼兵衛も苦笑した。

浪人というのは、扱いにくい者であった。主君を持たない浪人は庶民として扱われる。しかし、庶民に許されていない帯刀が黙認されている。これは浪人は仕官を待つ者、侍に準ずる者として、認められているからであった。

ここに問題があった。両刀という武器を携え、それへの修練をあるていど積んでいるため、用心棒として十分な武力を持っている。浪人が用心棒をしているというだけで、こそ泥や因縁を付けてくる無頼は寄りつかなくなる。

しかし、浪人ほどいい加減な者はいなかった。

主君を持たない浪人は、根無し草の最たるものである。

「仙台で新規召し抱えがあるらしい」

「加賀の前田で足軽を募集していると聞いた」

こういった噂が出るだけで、今までの縁も義理も仕事も投げ出して、駆け出してしまう。浪人にとって仕事は夢なのだ。よほどつきあいを重ねて、人物をよく知るまでたいせつな仕事は預けられない。

「貸してくれるかい」

相模屋が昼兵衛に頼んだ。

「多少の色は付けていただけるんでしょうね」

妾屋同士としての義理もある。客の求めに合う女を融通しあうことも多い。昼兵衛は条件を問うた。

「わかっている。うちからも少し金を足そう」

多少の損をしてでも、信用を確保しておきたい。常連を失うときは一人だけですまなくなる。悪い噂は、人づてに拡《ひろ》がる。

「相模屋が川崎屋をしくじったらしい」

江戸は広いが、妾屋は少ない。噂はあっというまに顧客の耳に届く。

損を覚悟だが、商人として当然の判断であった。

「いかほど」

金額を昼兵衛は訊いた。

「一日一分と一朱でどうだろう」

相模屋が述べた。

絶対の信用の置ける人物を出すだけに妾番は普通の用心棒よりも高い。それでも一日一分が相場である。それに相模屋は一朱足した。

一分は一両の四分の一、一朱は一分の四分の一になる。一両の相場はおよそ六千文、一分と一朱だと一千八百五十文ほどになる。大工の下働きや荷運びなどをする人足が一日三百文ていどなことを思えば、かなり高かった。

「一つ貸しですよ」

昼兵衛が引き受けた。

そしてその妾番に選ばれたのが大月新左衛門であった。

「大月さま、無理をお願いしたいのですが」

昼兵衛が大月新左衛門を呼び出して、詳細を説明した。

「外の仕事か。注意せねばならぬの」

大月新左衛門も、もう世間知らずですんだ仙台藩士ではない。お家騒動の後始末で藩から刺客を送られたこともある。八重を守って剣を振るったこともある。もっとも信用している同僚の山形将左と決闘させられたこともある。

世の闇に触れた大月新左衛門が、裏を気にした。

「さすがでございますな」

昼兵衛が感心した。

「相模屋さんが、人を出せないなんぞございませんよ。信用できる浪人は、全部出払っている……ふざけてはいけませんね。用心棒は浪人でなきゃいけないという決まりはございません。町人でも腕が立てばできますからね」

小さく昼兵衛が口の端をつり上げた。

昨今、武家が怠惰に流れた。浪人も親代々となると剣術を習う金もなく、刀も竹《たけ》光《みつ》と形だけになっている。もちろん、腕の立つ浪人もいないではないが、まず珍しい。

剣術道場を見ても、浪人はまずおらず、武家も数えるほどしかいない。代わって道場の客となっているのは町人であった。

太刀や脇差を帯びることはできないが、棒や鳶口《とびぐち》は持てる。道場も町人を相手にするだけに、剣術以外の杖術《じょうじゅつ》なども教えている。

今では、浪人よりも町人が強い時代になっている。

「ではなぜ、赤字まで出して、こちらに話を持ってきた」

大月新左衛門が首をかしげた。

「責任をこっちに負わせたいのでしょうよ」

「……責任ということは、なにかあるんだな」

あきれる昼兵衛に、大月新左衛門が目つきを鋭いものにした。

「なにもないはずありませんね。今までなかった主の他国行き、その間の用心棒を出入りの人入れ屋が出せない。これが本所辺りの小さな人入れ屋ならまだしも、江戸で五本の指に入る相模屋ですよ。ありえませんね」

昼兵衛が首を横に振った。

「襲いくるか」

「来ますでしょうねえ。盗人が」

「紐付きの盗人だな。紐の先はどこに繋がっている」

大月新左衛門が問うた。

「姑でしょうよ。そもそも妾屋は客ではなく、そこの店とつきあうもの。相模屋は次郎右衛門さんではなく、姑と顔馴染みと考えるべき」

昼兵衛が断言した。

「娘をやり殺したと思っている姑が、その男に妾を勧める。裏になにかあると思いませんか」

「たしかにな」

大月新左衛門が首肯した。

「とりあえず、十日間。お気を付けくださいな。念のため、和津さんを付けます。昼間だけですが」

「和津どのが妾宅を見張ってくれている間に、風呂と仮眠を取るようにしよう」

一人で用心棒をするには無理がある。二日くらいならば四六時中、寝ずの番もできるが十日は体が保たない。疲れ果てて寝落ちしたところを狙われれば、いかに剣術の達人といえども、侵入者を防げない。

「場所はおわかりでございますね」

「ああ。では、明日、直接妾宅へ向かう」

確認した昼兵衛に、大月新左衛門がうなずいた。

こういった遣り取りがあったことを、大月新左衛門は八重に話している。なにかあるとわかっている仕事に、夫を出したい妻はいない。八重が引き留めようとするのも当然であった。

「懸念はないとは言わぬが、和津どのも来てくれる。なにより、吾が覚悟をしているのだ。襲いくる者が哀れであろう」

大月新左衛門が八重を安心させるために、おどけてみせた。

「たしかにあなたに迎えられる者はかわいそうでございますが……」

身辺警固に付いていてくれたのだ。八重は大月新左衛門の腕前を十分に知っている。

「なにより十日で十二両余りの金になるのだ。それだけあれば、しばらくは安心であろう」

一両あれば庶民一家が一カ月生活できる。まだ子供のいない大月夫婦ならば、これだけあれば一年以上喰えた。

「ですが……」

「それに、そろそろもう一人増えるであろう」

まだ言いたそうな八重に、大月新左衛門が柔らかな目を向けた。

「……あっ」

夫の目が己のお腹に向けられていると気づいた八重が、真っ赤になった。

「子ができれば、金は要る」

まもなく二人には子ができる。金はいくらあっても足りない。妾番の仕事は割がいい代わりに、そうそうはなかった。大月新左衛門も普段は、商家の用心棒や大工の下働きなどをしている。金は稼げるときに稼いでおかなければならないのだ。

「あなた……」

子を持つ決意を見せた夫を妻が見つめた。

「安心してくれ。吾はそなたと二人、腰が曲がるまで共に過ごすと決めている。もう、遠慮はせぬ」

大月新左衛門は山形将左との戦いを思い出していた。

吉原の馴染み女郎を人質に取られ、西田屋甚右衛門の指示で大月新左衛門へ刃を向けた山形将左との戦いは、大月新左衛門の負けであった。

「想いの差」

腕の差はほとんどないと感じていた大月新左衛門にとって、敗戦は予想外のことであった。そして、傷が治るまでの間に、敗因を見つめた大月新左衛門は、なんとしてでも勝たねばならぬという決意が己には欠け、二人の遊女の命をかけた山形将左の覚悟に及ばなかったと知った。

「守るべきものがある。今の吾は無敵である」

「……はい」

夫の力強い言葉に、八重が頬を染めた。

大月新左衛門が夫婦の長屋を出たころ、昼兵衛も妾宅を後にして、和津の住んでいる長屋へと顔を出した。

「準備はできてやす」

すでに和津は出かける用意をすませていた。

「話が早くて助かるよ。さすがは飛脚だ」

昼兵衛が和津を褒めた。

和津は飛脚屋に属する飛脚であった。

飛脚はなにも手紙を運ぶだけではない。人を運ぶことはないが、金や商品なども依頼されれば担いで走る。金を運んでいるかも知れない飛脚は、山賊にとってありがたい獲物になる。飛脚はたいがい一人だからだ。

賊に狙われるとわかっている飛脚が、弱いはずはなかった。庶民に許された数少ない武装の一つである道中差《どうちゅうざし》を振るわせれば、下手な侍よりも強い。そうでなければ飛脚に荷を託する客などいない。

和津も多分に漏れず、武術の嗜《たしな》みを保っていた。

「今日はさすがにいいよ。明日から、昼前四つ（午前十時ごろ）から暮れ前の七つ（午後四時ごろ）まで、川崎屋さんの妾宅付近で見張りを頼む」

「合点承知」

　和津が首を縦に振った。

「他人さんをはめようというんだ、遠慮は要らないよ。できれば生かしておいてもらえると、後々便利だけど」

「その点は、努力いたしやすとしか言えませんが」

　命の遣り取りで手加減は難しい。かなり腕の差があっても、命がけの戦いとなれば、予断は許されなかった。

「もちろんだよ。和津さんになにかあっては、こっちが困る」

　昼兵衛も同意した。

「では、頼むよ」

　明日からの注意をして、昼兵衛は和津のもとを去った。

　川崎屋の妾宅は、谷中《やなか》の片隅にあった。

　谷中は徳川家の祈願寺東叡山寛永寺《とうえいざんかんえいじ》の裏手にあたる。将軍祈願寺の側ということで、遊興の店はなく、静かなたたずまいを誇り、江戸の豪商や文人墨客《ぶんじんぼっかく》の別宅も多い。

表通りに妾を出入りさせるのは、嗜みがないとして笑われるため、少し奥まった形にはなるが、妾宅もけっこうあった。

「ご免、こちらは川崎屋どのの別宅でござるか」

大月新左衛門は、あらかじめ聞いていたしもた屋の格子戸を開けた。

「はい。さようでございますが、あなたさまは山城屋さまご紹介のお方でございましょうか」

訪《おと》ないに応じて出てきた女中が、大月新左衛門に尋ねた。

「いかにも。山城屋より依頼を受けて参った大月新左衛門と申す。川崎屋どのはご在宅でござろうや」

大月新左衛門が名乗った。

「どうぞ、奥へ」

女中が大月新左衛門を案内した。

妾宅は妾を囲うためのものであり、さほどの広さは不要である。もっとも重要な寝室、居間、女中部屋、台所と簞笥《たんす》などを置く物置というのが定番となっていた。なかには、二階建てのものもあり、ちょっとした庭や茶室を持つ豪勢な妾宅もあるが、川崎屋のは定番通りの造りであった。

「ようこそお越しくださいました。川崎屋次郎右衛門でございまする」

居間で川崎屋が待っていた。

「奥州浪人、大月新左衛門でござる」

大月新左衛門もていねいに名乗った。

「日時などについてはお聞きでございましょう」

「…………」

確かめる次郎右衛門へ大月新左衛門がうなずいた。

「では、顔合わせを。幸《さち》、妙《たえ》」

次郎右衛門が手を叩いた。

「はい」

「お呼びでございましょうか」

奥の寝室から若く美しい女が姿を現し、玄関側から先ほどの女中が顔を出した。

「紹介させていただきまする。わたくしが世話をしております幸。あちらが女中の妙でございまする。御滞在中のお世話は妙がいたしまする。なんなりとお申し付けくださいませ」

「幸でございまする。よろしくお願いをいたしまする」

「妙と申しまする」

次郎右衛門の紹介を受けて、幸と妙が頭を垂れた。

「大月新左衛門でござる。しばらくの間、ご厄介になる」

「では、下がりなさい」

大月新左衛門の応対を見て、次郎右衛門が手を振った。

「……さて、大月さま」

二人の女がいなくなったところで、次郎右衛門が声を潜めた。

「失礼ながら、いささか調べをさせていただきました」

次郎右衛門が大月新左衛門の評判を聞いて回ったと告げた。

「もっともなことでござる」

妾番を雇うのは、己の女を預けるのと同じである。どのような者が来るか、調べるのは当然であった。

「いや、畏れいりました。山城屋さんの評判もさることながら、大月さまもすばらしい」

次郎右衛門が感動していた。

「周防屋さん、一文字屋《いちもんじや》さんなどの大店はもちろん、尾張さま、水戸さまも山城屋さんをお出入りに指名されている理由がわかりました」

山城屋は規模のわりに、常連客の格が高い。

「大月さまも妾番としての評価は傷一つない。いやあ、すばらしい」

手放しで次郎右衛門が褒めた。

「面はゆいことでござる」

大月新左衛門が恐縮した。

「いや、今からでも出入り先を変えたいくらいでございますよ」

次郎右衛門が声を潜めた。

「相模屋さんは、大店だけにいろいろ便利なところもございますが、その割に遣える人材を抱えておられない」

今回、妾番の派遣ができなかったことを次郎右衛門は非難していた。

「まあ、それ以上によいお方を推挙してくださったので、よろしいのですが……」

次郎右衛門がなんとも言えない顔をした。

「…………」

大月新左衛門は昼兵衛から、あるていど裏を聞かされている。だからといって、顧客にそのことを告げるわけにはいかなかった。

「大月さま、今回は今日を入れて十日でございまする」

「そう、うかがっておる」

念を押した次郎右衛門に大月新左衛門がうなずいた。

「わたくしは二十五日の昼過ぎに帰ってくる予定でございますので、それまでの間、よろしくお願いをいたしまする」

「妾番のことならば、よくわかっておるつもりだ」

大月新左衛門が胸を張った。

「他になにか留意することでもあれば、うけたまわる」

「…………」

水を向けた大月新左衛門に、次郎右衛門が黙った。

「…………」

大月新左衛門も無言で待った。

「第一に、幸と妙の安全をお願いいたしまする。次に……」

もう一度次郎右衛門が口を閉じた。

「納戸を」

囁くような声で次郎右衛門が告げた。

「承知した。では、拙者は納戸で控えよう」

妾番は居間で過ごすことが多い。刀を抱いて、柱を背にして一夜を明かす。狭い妾宅では、ほぼ中央にあたる居間に陣取っていれば、異変を察知できる。これが普通の用心棒だと、狙われやすい蔵が見張れる奥の間や、店の板の間などになった。

「助かりまする」

詳細は言わないが、次郎右衛門の顔に安堵が拡がった。

納戸は居間と廊下を挟んでいるだけで、条件は居間と変わらない。ただ、居間は畳敷きだが、納戸は板の間になる。あまり長くそこで起居するのは辛い。

「では、わたくしはこれで出かけますので」

顔合わせはすんだと次郎右衛門が妾宅を出ていった。

「妙どの、少し、辺りを見て参る」

大月新左衛門は、女中に断って妾宅を出た。

用心棒はまず地の利を押さえていなければならない。

妾宅、あるいは店の周囲を何度も見て回り、どこから侵入しやすいか、どこだと他人目が届きにくいかを確認しておく。

こうすることで、侵入経路をあるていど予測でき、対処もしやすくなる。これをまともにせず、座っているだけ、寝転んでいるだけという用心棒は多い。

「隣家との垣根は、ないも同じだな」

妾宅だけではなく、町屋の建物は仕切りをあまり高くはしない。なかが覗けないほど高い塀を持つのは、商家ぐらいであった。

「裏木戸の向こうは狭い路地に繋がっている。ここに逃げられたら、面倒だな」

人一人ようやく通れるというほどの路地は、逃げる盗人なりを見失わずにすむ代わり、追い抜くことができない。賊が単独だと、後ろから斬りつければすむが、複数だと最後尾の一人を倒すのが精一杯になる。

「門も甘い」

裏木戸の閂を大月新左衛門は動かしてみた。

「体当たり一発でへし折れそうだ」

大きな音がする体当たりを、盗人はまずしないが、一応考慮には入れておく。裏木戸の周囲の土を雪駄《せった》の裏で平にした大月新左衛門は、路地を通り表へ回った。

「松の木の枝は細いな。これなら、登ってはこられまい」

塀をこえて外へ張り出している松の枝は、身の軽い盗人にとって、格好の侵入口になる。大月新左衛門は、妾宅の松は人の体重を支えるだけの太さがないと判断した。

「だいたい、このようなものか」

大月新左衛門は、明るいうちの見回りをすませた。

「どうぞ、夕餉でございまする」

妙が大月新左衛門の給仕についた。もちろん、妾宅の主である幸の夕食を終えた後のことだ。大月新左衛門は用心棒ではあるが、奉公人には違いない。食事は台所の板の間で供される。

「いただこう」

大月新左衛門は膳に一礼した。

煮魚に菜のお浸し、味噌汁《みそしる》という夕餉は、かなりの贅沢になる。空腹で用心棒は務まらない、かといって満腹になって眠ってしまうわけにもいかない。

大月新左衛門は飯を三杯お代わりするに留めた。

「馳走《ちそう》であった」

茶碗に貼りついたご飯を白湯《さゆ》で流しこみ、大月新左衛門は箸を置いた。

「少し、見回って参る」

すでに日は暮れている。大月新左衛門は、ふたたび外へ出た。

「人通りはまったくないな」

遊興の場がなければ、人は集まってこない。夜の谷中はまったく人気がなかった。

「…………」

しばらく様子を見ていた大月新左衛門は、表戸の戸締まりを二度確かめてからなかへ入った。

「御用はございませんか」

戻ってきた大月新左衛門に妙が訊いた。

「大丈夫でござる」

控えとする納戸に、白湯を入れた薬缶《やかん》の用意はされている。大月新左衛門は首を左右に振った。

「では、わたくしは休ませていただきまする」

妙が寝ると告げた。

「あとはお任せいただこう」

大月新左衛門がうなずいた。

用心棒の本番は、家人が寝静まってからであった。

いつでも対応できるよう、横にはならず、刀を抱いて座る。太刀は座るときに腰から離さないとつっかえて邪魔なのだ。家ならば太刀を床に置くなりするが、それでは咄嗟《とっさ》のときに一挙動遅くなる。

「谷中はここまで静かなのか」

大月新左衛門も物音のなさに驚いていた。

住んでいる浅草辺りは、近くに吉原遊郭があるためか夜中でも人の往来があった。

吉原帰りや、酔客を相手にする煮売り屋も遅くまでやっている。

夜でもざわめきは聞こえるのが、大月新左衛門の日常であった。

「こう静かだと、眠くなるな」

刺激がないと人は集中力を失い、ぼうっとしてしまう。

大月新左衛門が嘆息した。

一夜目はなにごともなく明けた。

「おはようございまする」

居間に入った大月新左衛門に幸が挨拶をした。

「おはようござる。なにごともございませんでしたかな」

挨拶を返しながら、大月新左衛門は念のためにと幸に問うた。

「はい。おかげさまでよく眠らせていただきました」

幸が感謝した。

「それは重畳《ちょうじょう》。幸どの、本日は出歩かれる予定はござるか」

妾番の趣旨は、妾の見張りである。妾宅の警固はついでに近い。大月新左衛門は幸に外出するかどうかを尋ねた。

「旦那さまより、お留守の間は出歩くなと言われておりまする」

幸が首を左右に振った。

「なるほど。助かりまする」

大月新左衛門が素直に喜んだ。

外出している妾の見張りは面倒なものであった。露骨に近づいてはよくない評判が立つ、離れすぎては意味がない。周囲に警固をしていると見抜かれないていどの間合いを取らなければならないが、妾側に抜け駆けをしてやろうという意図があれば、防げない。とくに両国広小路《ひろこうじ》や浅草寺《せんそうじ》などの人だまりへ足を向けられたら大変である。掏摸《すり》に遭っても痴漢に遭っても、妾番の責任になった。

「では、なにかありましたら、声をあげていただきますよう」

いかに妾番とはいえ、屋内で同じ部屋にいるのはまずい。

大月新左衛門は、納戸へと戻った。

「少し見回ってこよう」

昼餉をもらった大月新左衛門は、妾宅を後にした。

「ふむ……なにもないな」

大月新左衛門は、裏木戸の路地を丹念に見た。

強盗であろうが、盗人であろうが、かならず下見をした。いきなり押しこむようなまねをしないとは言えないが、そういった行き当たりばったりの者は怖くなかった。なにも考えていない力業に負けるような大月新左衛門ではない。

気を許せないのが、前もってしっかりとした下調べをする連中であった。どこから入って、どのように盗むかを計画立てている者は、無駄な動きをしないこともあって手強《てごわ》い。

大月新左衛門は、裏木戸の地面に足跡や、なかを覗くために使った梯子《はしご》の跡などが残っていないかどうかを見つめた。

「今日のところはないな」

そのまま路地の端まで大月新左衛門は進み、表通りを覗いた。

「旦那」

すっと大月新左衛門に和津が近づいてきた。

「和津どのか。すまぬな」

大月新左衛門が手をあげた。

「いえ、ちゃんと手当をいただいておりやすから」

気にしなくていいと和津が首を横に振った。

「あっしは夕七つ（午後四時ごろ）までおりやすので、湯屋や仮眠はその間にお願いをいたしやす」

「あと二刻（約四時間）弱か……どうするかの」

和津の言葉に、大月新左衛門が悩んだ。

谷中は寛永寺の陰になるおかげで、浅草辺りよりも少しだけ涼しい。とはいえ、夏には違いない。汗はどうしても出る。

「湯屋に行きたいところだが、今日は辛抱しよう。井戸で身体を拭けば一日くらいはどうにかなる。それよりも仮眠を取らせてもらう。この辺りは夜になると静かすぎてな」

大月新左衛門は仮眠を選んだ。

「四つ（午前十時ごろ）には、この辺りにおりやすので、湯屋は明日でも」

「そうさせてもらう」

二人の話が付いた。

「ところで、和津どのの目から見てどうだ」

「今のところ、気になるほどのものはございやせん」

山賊に襲われるのが飛脚の運命のようなものだけに、和津は剣呑な気配に敏感であった。

「やはりな。拙者もなにも感じておらぬ」

大月新左衛門もうなずいた。

「山城屋さんの考えすぎというのは……」

「ないだろうな」

「ですね」

己から言い出しておきながら、大月新左衛門の否定に和津が同意した。

「相模屋も馬鹿をする」

「へい」

昼兵衛を生《い》け贄《にえ》にしようとした相模屋を大月新左衛門と和津が怒った。

「まあ、こちらはやることをやるだけだ。相模屋との決着は山城屋どのがみずからつけられるだろう」

大月新左衛門が告げた。

「では、悪いが少し寝させてもらおう」

勝手口から大月新左衛門が妾宅へ戻った。


仮眠を取った大月新左衛門は、もう一度外回りに出た。

「なにもございやせんでした」

路地ですれ違いざま、和津がそう言って離れていった。

「今夜もなしかの」

大月新左衛門が独りごちた。

二日目、三日目、四日目も無事に終わった。

「少し出て参る。小半刻（約三十分）で戻る」

妙に告げて、大月新左衛門は湯屋へと向かった。浪人ものはどうしても小汚くなる。それは湯屋へ行く金があれば飯を喰うからで、臭《にお》うからであった。

「湯屋でございますか」

「ああ」

すでに三度目になる。妙の確認に大月新左衛門は首肯した。

火事を怖れた幕府の決まりで町屋は風呂を設けることが許されていない。どこの町内にも湯屋はあり、妾宅からも近い。

湯屋への外出は仕事の条件として認められている。それに大月新左衛門は湯屋でのんびりはしていない。小半刻と言いながら、いつもそれより早く帰ってきた。

「いってらっしゃいませ」

妙が大月新左衛門を送り出した。

「旦那」

湯屋を出た大月新左衛門を和津が待っていた。

「どうした」

「どこぞの店の御用聞きだと思いやすが、男が一人表から来やした」

問うた大月新左衛門に、和津が答えた。

「……拙者の留守にか」

大月新左衛門が眉間にしわを寄せた。

「動いたな」

相手の様子を見るために大月新左衛門は三日間、同じ刻限を選んで湯屋通いをしたのだ。

「どうしやす、今夜残りやしょうか」

「頼めるか。妾宅のなかはなんとかする。逃げ出した者がいたら、後を付けてくれ」

和津の申し出に、大月新左衛門は助力を頼んだ。

さすがに一人でなかの守りと後始末をすることはできない。納戸を守れと次郎右衛門から頼まれてもいる。日中ならまだしも、夜中に妾宅を空けるわけにはいかなかった。

「わかりやした」

和津がうなずいた。

打ち合わせを終えた大月新左衛門は、妾宅へ入った。

「遅くなって申しわけない。なにかござったか」

大月新左衛門は妙に問うた。

「いいえ。なにもございませぬ。幸さまは、奥でお休みでございまする」

妙が現況を伝えた。

「なるほど、居間には入るまい」

妾番とはいえ、不用意に近づくのは疑いを招く。大月新左衛門は納戸へ籠もると、仮眠を取った。

一刻（約二時間）ほどで大月新左衛門はすっきりと目覚めた。

「まだ、明るいな」

大月新左衛門は見回りに出た。

「……足跡があるな。深さが違う。二人、いや三人か」

裏木戸を開けた大月新左衛門は、均《なら》しておいた地面に足跡が刻まれているのを見つけた。

「足跡を消していないところから見て、さほどの盗人じゃないな」

盗人が捕まるのは己の痕跡を残すからである。賢いあるいは長く生き延びている盗人は、下調べの跡も気にする。

「なにをしていたかだが……」

大月新左衛門は木戸を一度閉め、検《あらた》めた。

「閂が前より緩んでいる……釘が一本抜かれている。これなら少し押すだけで外れるな」

すぐに大月新左衛門は、木戸の細工を見抜いた。

「吾が留守の間にしかけたならば、このくらいがせいぜいか」

大月新左衛門が湯屋で妾宅を離れる時間は短い。十分な余裕があれば、閂の目立たない下側に鋸《のこぎり》で切り目を入れたりするのだろうが、細工中に大月新左衛門が戻ってきたら、計画が吹き飛ぶ。いかに妾番とはいえ、あからさまな盗人の下準備を見つけて、待ち受けるなどしない。すぐに町方へ報せ、対応を一任する。

「裏から来るとしたら……」

大月新左衛門が経路を予測した。

「納戸を狙うなら、厠への縁側からあがってくるはず」

狭い妾宅だけに、予想は付く。

「まあ、どちらにせよ、守るべきは納戸と幸どののいる奥の間だ。縁側で応戦すれば、防げるな」

明るいうちに大月新左衛門は対応を決めた。

夕餉の後、幸が奥の閨へと引っこみ、妙も台所へと下がる。納戸で大月新左衛門はゆったりと構えていた。緊張は身体の筋を硬くする。硬くなっては疲れるし、咄嗟の動きが鈍くなる。

二十数えて息を吸い、また二十数えながら吐く。これを繰り返すことで、身体の余分な力が抜ける。

耐えるのも用心棒の仕事である。大月新左衛門は待った。

草木も眠る丑《うしみ》三つ刻《どき》ではないが、深夜かすかな音を大月新左衛門は聞いた。

「起きたか」

大月新左衛門の耳に届いたのは、女たちの夜具がすれる音であった。

「そろそろ来るな」

ゆっくりと大月新左衛門は、立ちあがった。

じっと同じ姿勢を続けていて、いきなり動くと関節が鳴る。静かな夜だと、意外に音は響く。

「…………」

太刀を抜いた大月新左衛門は、鞘を納戸へと残し、縁側へと出た。

「おいっ。ここでいいんだな」

縁側の雨戸ごしに声が聞こえた。

「ああ、閂は外してあるはずだ。右端から開く」

別の声がした。

「やはりの」

一人大月新左衛門が納得した。

「雨戸を開けたら、一気に用心棒をやるぞ。その後、納戸の床板を外して、中身をいただいて帰る」

「わかった」

「おう」

指揮役の言葉に、別の声が二つ応じた。

「行くぞ」

雨戸に手をかけた気配がした。

「…………」

無言で大月新左衛門は、なかから雨戸を蹴り飛ばした。

「……ぐわっ」

油断して雨戸に手をかけていた盗人の一人が雨戸ごと吹き飛んだ。

「なんだ」

「……ばれてる」

盗人の一人が呆然とし、もう一人が大月新左衛門に気づいた。

「…………」

無言で庭に降りた大月新左衛門は、太刀を振るった。

「ぎゃっ」

太刀は相手に当たった瞬間、鍬引《くわび》きという手元へ引くような動きをしないと切れ味が落ちる。わざと大月新左衛門は太刀を殴るようなつもりで使った。

少し皮膚と肉を切られたうえ、鉄の棒で殴られた形になった盗人の一人が苦鳴をあげて倒れた。

「わ、わああ」

一人無事な盗人が逃げようと背を向けた。

「…………」

無言のままで大月新左衛門がその背中を、刀の峰で打ち据えた。

「ひくっ」

背骨を折られた盗人が崩れ落ちた。

「他愛のない」

二呼吸ほどで三人を片付けた大月新左衛門があきれた。

「もうちょっとましなのを用意できなかったのか」

大月新左衛門は、痛みにうめいている最初の盗人へ近づき、当て身を加えた。

「かはっ」

鳩尾《みぞおち》を突かれ、肺腑《はいふ》のなかの空気を無理矢理押し出された盗人が気絶した。

「さて、どうなったか」

大月新左衛門は、三人をそのまま放置して、妾宅のなかへ顔を突っこんだ。

「妙どの、妙どの。灯りを」

台所で寝ている女中の妙を呼ぶが反応はない。

「こちらはどうかの。幸どの」

縁側へあがった大月新左衛門は奥の閨へ声をかけた。

「やはりな」

返事がない奥の部屋の襖を開けた大月新左衛門は、もぬけの殻を見た。

「ふん。仲間だと白状したも同じだ」

大月新左衛門が笑った。

「留守にはできんしな」

これで大月新左衛門まで妾宅を離れたら、今度こそ本物の盗人が入る。

「納戸の床下なんぞ、隠したうちに入らぬというに」

大店の主の考えは甘いと大月新左衛門は、納戸で座った。


一刻（約二時間）ほどしたころ、人の気配がした。

「大月の旦那」

「和津どのか」

大月新左衛門が裏庭へ顔を出した。

「こいつらでござんすか。みっともない」

庭で気を失ったまま放置されている三人を和津が嘲笑した。

「まあ、このていどであろうよ。で、どうだった」

大月新左衛門が問うた。

「女二人が、手に手を取ってですからね。後を付けるのは簡単でございましたよ」

和津が鼻先で笑った。

「相模屋へか」

「さすがにそこまで馬鹿じゃなかったようで。二人はここから少し離れた寛永寺門前町の南辻奥にあるしもた屋へ入りやした」

「近いな」

女の足でも小半刻（約三十分）かからない。

「夜中に若い女が二人で歩けば目立ちますからね。酔客あたりに絡まれたら面倒でございましょう」

和津が言った。

日が暮れてから、出歩く女は芸者か夜鷹《よたか》か、芸を売るか、身体を売るかがほとんどであった。酔った男が、そんな女を放っておくはずはない。

「たしかに。で、誰か来たのか」

　小半刻もかからないところにしては、和津の来訪が遅かった。大月新左衛門は、女と連絡を取る者がいないかどうかを探っていたと見ていた。

「あいにく……」

　和津が首を左右に振った。

「ふむ。明日の朝か」

「でございましょう。相模屋も夜中に起こされたくはないでしょうし。女たちもこれ以上、暗いなか動きたくはございますまい」

　大月新左衛門の推察に和津が同意した。

「では、旦那。あっしは山城屋さんに」

「任せた。ついでに自身番《じしんばん》へ声をかけてくれ」

　盗人をそのままにはできない。大月新左衛門が和津へ、自身番への連絡を頼んだ。

「へい」

　首肯した和津が駆けていった。

和津から経緯を聞かされた山城屋昼兵衛は、その案内で妾と女中が逃げこんだしもた屋を見張れる位置に夜明けから陣取っていた。

「山城屋さん、今、辻から出てきたのが、女中の妙で」

同行している和津が、昼兵衛へ告げた。

「相模屋へ報せに行くのだろう」

「付けやす」

和津がすっと出ていった。

「相変わらず、気配の消しかたがうまいね」

昼兵衛が感心した。

寛永寺門前町から相模屋は近い。昼兵衛が退屈をどうするか悩む前に、妙が相模屋を連れて帰ってきた。

「旦那」

和津も戻ってきた。

「馬鹿すぎないかね」

相模屋自身がやってきたことに、昼兵衛はあきれた。

「旦那を侮《あなど》っているんでしょう」

「店を焼かれた間抜け……ということか」

吉原との闘争経緯はあるていど江戸の妾屋には知られている。その争いの過程で昼兵衛は吉原の手の者によって店に放火されていた。その後始末で、昼兵衛は新たな吉原惣名主になった三浦屋に大きな貸しを作った結果、大きな利権を手にしたが、それを声高に言って横槍を入れられては困る。店を焼かれた以上のものを手にしたことを昼兵衛は黙っていただけに、裏を読めない者からは、嘲笑されていた。

「さて、行ってくるよ。妙なやつが来たら、警告の声を出しておくれ」

相模屋の後から用心棒が来るかも知れないと昼兵衛は警戒した。

「へい」

うなずく和津に手をあげて、昼兵衛はしもた屋へと歩を進めた。

「向こうが礼儀を守らないのだから、こちらが訪ないを入れる意味はないね」

昼兵衛はしもた屋の表戸を開け、草履のままあがった。

「……なにがあった」

奥の部屋から相模屋の怒りが聞こえてきた。

「用心棒が強すぎました」

幸の答えがした。

「馬鹿な、あの三人はうちでも切り札だぞ。いくつもの道場を荒らした腕利きばかりが、多少遣えるとはいえ、浪人一人に負けるなぞありえん」

相模屋が否定した。

「それでも……」

「簡単なことですよ。相模屋さんの三人より、うちの一人が強かった。それだけのこと」

反論しようとした幸に、昼兵衛がかぶせた。

「誰だ……おまえは、山城屋」

振り向いた相模屋が、昼兵衛を見て絶句した。

「どうしてここに……」

「女が付けられていた。それしかないでしょう」

不思議そうな顔の相模屋に、昼兵衛が笑った。

「どういうことだ。なぜ、付けた」

相模屋が混乱した。

「端から、この話が罠だとわかっていたからだと気づきませんか」

「なんだと。儂の策がばれていたはずはない」

言われた相模屋が、否定した。

「相模屋さん。ちょっとは苦労しなさい。あなたは大店の妾屋の五代目だ。放っておいても代々の常連さんが来てくださる。だから、一人一人のお客さまへの思いがない。今回もそうだよ。あなたにとっての客、妾をお求めなのは次郎右衛門さんで、川崎屋の姑じゃありません。次郎右衛門さんを大事にしてこそ、次に商売は繋がる」

「なにを言うか。次郎右衛門なんぞ婿だ。それも息子が成長したら隠居させられる。当主じゃない。数年で縁が切れる相手が、重代お出入りの川崎屋さんと一緒にできるわけなかろう」

相模屋が反論した。

「情けないことだね。妾屋がなんたるかを、おまえさんはわかっていない。妾屋は男と女を結ぶ商売。店と常連の縁を強くするのが目的ではない。妾をしなくちゃいけなくなった女を慈しみ、いい旦那に紹介する。女を求める旦那に、安らげる相手を斡旋するのが、妾屋の仕事。女を守るために、何代もご縁をいただいた常連さんを切り捨てることができて、初めて妾屋たれる」

昼兵衛が続けた。

「妾屋はね、旦那よりも女を大事にしなきゃいけないんだよ。女を金としか見ない妾屋は、いつか見切りを付けられる。見てごらんなさい、その女の目を。強盗の手伝いをさせられたんだ。怯えているじゃないか」

「……………」

指さされた幸が震えた。

「黙れ、こいつは金になるなら、それでいいと引き受けたんだ」

「わからないか。その話を持ちかけた段階で、おまえさんは妾屋じゃなくなったんだよ。妾の本分を失わせたんだ。旦那を癒すという妾のな」

言い返した相模屋を昼兵衛は叱りつけた。

「川崎屋の姑がなにを思って、話を持ちかけたかは知りませんがね。次郎右衛門さんがこつこつと貯めたへそくりを奪う手伝いをするなんぞ、妾屋のすることじゃない」

昼兵衛が相模屋を断じた。

婿養子の運命は決まっている。たとえ当主となっていても、嫁との仲が悪くなれば離縁、涙金で放逐される。息子が一人前になったら、経営を譲らされる。小糠《こぬか》三合あれば、婿に行くなは真実なのだ。

だから婿養子たちは、己の万一に備えて、へそくりを作る。出入り先の店や、商品を納める職人から渡される挨拶金や、中元、歳暮などを懐に入れ、貯めこむのだ。

もちろん、店もわかっている。よほど目に余るほど露骨に袖の下を要求したり、帳簿を操作して裏金を作るなどしなければ、店も見逃す。将来のためだけでなく、当主にはつきあいというものがある。同業との懇親、出入り先の大名家の用人との飲食などを無視はできない。宴席の代金は店が出すのだが、問題はその後になる。

「ちょっと行きませんか」

同業の主から誘われたり、

「脂粉《しふん》の香りを嗅《か》ぎたいものよ」

大名の用人から要求されたりして、遊郭へ足を踏み入れなければならないこともある。

　売りもの買いものとはいえ、他の女を婿養子が抱く。これを家付き娘が許せばいいが、でなければ金は出ないため、自前になる。

「婿養子なので、金がなく、吉原には行けません」

などと言おうものならば、店の実権も持っていないと判断されて、同業からは相手にされなくなるし、大名の用人からは嫌われて出入りを止められることもある。

　店が左前にでもならないかぎり、婿養子がこっそり貯めていると思っているへそくりには手出しをしないのが慣例であった。

　それまで姑は奪い去ろうとし、相模屋が手を貸したのだ。

「ことの始末は、江戸中に回しますからね。幸さんだったか、おまえさんもだ。金のために旦那を裏切るような女は、妾たりえない。少なくとも三都では、二度と仕事ができないと思いなさい」

「そんな……」

　昼兵衛に言われた幸が蒼白になった。三都とは、江戸、京、大坂を言う。表向きはどうあれ、妾屋という商売は、この三都にしかない。他の土地では、旦那を斡旋してくれる店はない。いや、あるが、それは遊郭や茶屋などの身体を売る商売の延長上でしかなくなる。

妾屋のように、旦那と女がともに納得し、奉公の期間、手当を決め、約束を違えたときの介入までしてくれることなどない。女は金で買われるだけになり、旦那の思うままにもてあそばれ、飽きられたら、なんの保障もなく捨てられる。

「なにさまのつもりだ。おまえの店など、儂の手にかかれば、簡単に潰せるのだぞ」

相模屋がすごんだ。

「どうやって潰すおつもりで。無頼でも寄こしますか。無駄だとわかっているでしょう。うちには大月さまの他にも、看板となる用心棒がいる。無頼の二十や三十、ものの数ではない」

昼兵衛が煽《あお》った。

「町奉行所の与力方も当家の客だ。そこから手を回して……」

「ふん」

権力を使うと言った相模屋を昼兵衛が鼻先で笑った。

「町奉行所に今から頼みに行って、すぐに動いてくださいますかね」

「なにっ」

「いかに与力さまがお馴染みでも、ただで動いてはくださいませんよ」

自慢した相模屋に昼兵衛があきれた。

「わかっている。金はある」

「さすがは大店だ。いやあ、畏れいりますよ」

昼兵衛が茶化した。

「きさまっ」

相模屋がまたも激した。

「で、町奉行所を動かして、どうしようと」

「…………」

「おや、考えていなかったのでございますか。これはなんとまあ」

黙った相模屋に昼兵衛が両手をあげてみせた。

「そ、そうだ。幸、おまえこいつに犯されたことにしろ」

「えっ」

思いついた相模屋に、幸が目を剝いた。

「妾屋が女犯《にょぼん》をしたとあっては……」

「……………」

「ひっ」

名案だと言わんばかりの相模屋が雰囲気が変わった昼兵衛に怯えた。

「やってごらんなさいな。妾屋が女を犯す。それがどれだけの罪か、わかっているだろう。するのはもちろん、口に出すだけでも妾屋として許されない。それをおまえさんは、わたくしになすりつけると言った。ようござんしょう。たった今から、相模屋、おめえは敵だ」

昼兵衛の口調も変わった。

「幸、おめえも覚悟しておくんだな」

「ひいい、あたしは絶対嫌。あの浪人に殺される」

すごんだ昼兵衛に幸が震え上がった。

「いやああ……」

幸が逃げ出した。

「あっ、どこへ行く。妙、おまえも……」

「待って、幸」

妙も幸の後を追った。

「味方がいなくなったぞ」

「他にも手立てはある。町奉行所に頼らずとも……」

相模屋が強がった。

「好きにするがいい。こちらも勝手にやる」

胸ぐらを摑んでいた相模屋の手を昼兵衛が払った。

「ど、どこへ行く」

背を向けた昼兵衛に、相模屋が呼びかけた。

「黙ってやられているだけというのは、性に合いませんから」

口調をもとに戻して、昼兵衛が応えた。

「なにをする気だ」

相模屋が不安そうな顔をした。

「別に教えてあげる義理はございません。明日にはわかりますよ」

「明日だと……」

　困惑した表情を相模屋が強くした。

「わたしは、あなたのように御上を出してきませんよ。どちらかというとその逆で」

「逆とはなんだ」

　相模屋が首をかしげた。

「御上の逆は民。わたしは江戸の皆さんを味方にします」

「どうやって味方にするというんだ」

　わからないと相模屋が苛立った。

「読売を作って撒くだけですよ。相模屋は女に手引きをさせて得意先に盗みに入ったとね。妾屋が女を使って盗人のまねをした。さぞかし江戸中の噂になりましょう」

　昼兵衛が笑った。

「……そんなまねをされたら、店が潰れる」

　信用が地に落ちると相模屋の顔色が紙のように白くなった。

「嘘を吐くわけじゃありませんから、どこからも咎められません。どころか新たな被害を受けるお方を防ぐわけですから、感謝していただけるでしょうなあ」

「いくら出せば、見逃してくれる」

読売が出されれば、相模屋ほどの大店とはいえ無事ではすまなかった。同業同士の融通はなくなるうえ、落ち目の相模屋から上客を奪おうと攻勢をかけられる。

「妾を使って、旦那をはめようとしたそうで」

相模屋の常連客へこう囁くだけでいい。妾屋を通じて女をという旦那衆は、なにより信用を大事にする。信用できない妾を斡旋され、店の内部のことなどを外へ漏らされてはたまらない。まちがいなく、相模屋は常連客を失う。

それだけではすまない。普通の奉公人を扱う人入れ屋の仕事も影響を受ける。盗人の手引きのような奉行人を雇う店などない。店が潰れるところまでいかなかったとしても、暖簾の傷は二度と修復できないほど深いものになる。

「まずは約定どおりの金をお支払いいただきましょう。続いて欺《だま》した次郎右衛門さんに百両」

「ひ、百両だと」

相模屋が目を剝いた。

「それだけあれば、今のへそくりと合わせて次郎右衛門さんが独立することもできましょう。まあ、川崎屋から出ていくのか、それとも息子が一人前になるまで耐えるのかは、次郎右衛門さんが判断なさるでしょうがね。おまえさんがしたことは、それでも足らないくらいなんだよ」

「ううむ」

断罪された相模屋が唇を嚙んだ。

「あとはわたくしどもへの気遣いでございますが、命を狙われた大月さまへの慰め料、おまえさんの馬鹿を治めるために使った費用、わたくしの足労賃……合わせて五十両いただきましょう」

「合わせて百五十だと、高い」

金額に相模屋がわめいた。

「相模屋の暖簾に百五十両の値打ちもありませんか。しかたない、回状を出す前に、おまえさんのところの常連客をうちが蚕食《さんしょく》しましょう。では、早速に」

常連を失った妾屋は終わりであった。男女という秘め事を司る妾屋にとって、信用は命よりも重い。昼兵衛が背を向けた。

「わ、わかった」

相模屋が降伏した。

「けっこう。お支払いは次郎右衛門さんが江戸へ帰ってこられるまでにお願いしますよ」

引き延ばしは許さないと昼兵衛が釘を刺した。

「今日中に払う」

苦い顔で相模屋が宣言した。

「では、店にてお待ちしております。ああ、三人の馬鹿ですが、町方に強盗だとして突き出してありますから。あやつらが要らぬことを口にする前に、お馴染みの町奉行所与力さまに手を回したほうがよろしいですよ」

「くそっ」

町奉行所の役人を動かすには金が要った。三人の強盗となると、かなりの金を積まなければならない。余分な出費に相模屋の顔がゆがんだ。

「川崎屋の姑にでもすがるんですな」

笑いながら、昼兵衛はしもた屋を出た。

「山城屋さん」

じっと見張っていた和津が、昼兵衛へと駆け寄ってきた。

「無事に話は付きましたよ。後で分け前を差し上げます」

「ありがてえ。これでまた人形が買える」

生きている女に興味がなく、女に似せて作られた人形を抱いて寝るという性癖を持っている和津が喜んだ。

「……今日も暑いね」

昼兵衛が空を仰いだ。

「人形は冷たくて、抱いて寝るによござんすよ」

和津が勧めた。

「それもいいがね。やはり抱いて寝るのは柔らかくて温かくないとね。女の温《ぬく》もりが要らなくなったら、妾屋はやってられない。男と女の隙間を埋めるのが妾屋の仕事なんだから」

昼兵衛が首を横に振った。

この作品は「小説幻冬」二〇一六年十一月号、二〇一七年二月号、五月号、八月号に連載されたものを加筆修正した文庫オリジナルです。

上田秀人「妾屋昼兵衛女帳面」シリーズ

第一巻

側室顚末

世継ぎなきはお家断絶。苛烈な幕法の存在は、妾屋なる稼業を生んだ。だが相続には陰謀と権力闘争がつきまとう。ゆえに妾屋は命の危機にさらされる。妾屋昼兵衛、大月新左衛門の死闘が始まった！

第二巻

拝領品次第

神君家康からの拝領品を狙った盗難事件が江戸で多発。裏には、将軍家斉の鬱屈に絡んだ陰謀が。嗤う妾と、仕掛ける黒幕。否応なく巻き込まれた昼兵衛と新左衛門は危難を振り払うことができるか？

第三巻

旦那背信

妾を巡る騒動で老中松平家と対立した昼兵衛は、新左衛門に用心棒を依頼する。その背後には、ある企みを持って二人を注視する黒幕の存在が。幕政の闇にのみ込まれた二人に、逃れる術はないのか？

第四巻

女城暗闘

将軍家斉の子を殺めたのは誰だ？　一体何のために？　それを探るべく、仙台藩主の元側室・菊川八重が決死の大奥入り。女の欲と嫉妬が渦巻く伏魔殿で八重は隠れた巨悪を炙り出すことができるか？

第五巻
寵姫裏表

大奥騒動、未だ落着せず。大奥で重宝され権力の闇の深みにはまる八重。老獪な林出羽守に搦め捕られていく昼兵衛と新左衛門。内と外で繰り広げられる壮絶な闘いが、ついに炙り出した黒幕は誰だ？

第六巻
遊郭狂奔

妾屋稼業に安息なし。昼兵衛と新左衛門は、八重を妾にせんとした老舗呉服屋の主をやり込めたことで恨みを買った。その執念は、ご免色里吉原にも飛び火。共に女で食う商売、潰し合うのは宿命か？

第七巻
色里攻防

妾屋を支配下に入れて復権を狙う吉原惣名主は悪鬼と化す。その猛攻に、昼兵衛と新左衛門、絶体絶命。八重の機転で林出羽守の後ろ盾を得たが、吉原は想像だにせぬ卑劣な計略を巡らせていた……。

第八巻
閨之陰謀

妾屋が命より大事にする帳面を奪わんとする輩が現れた。そこに書かれているのは、金と力を持つ男たちの情報。悪用すれば弱みにもなる。敵の狙いは一体？　その正体は？　妾屋昼兵衛最後の激闘！

好評発売中！

幻冬舎時代小説文庫

●好評既刊
町奉行内与力奮闘記五
宣戦の烽《のろし》
上田秀人

内与力・城見亨を慕う咲江が闇の勢力に狙われている。胡乱な輩と手を結ぶ町方など言語道断。町奉行・曲淵甲斐守から咲江の護衛を命じられた亨は刺客集団との激闘を覚悟する！　白熱の第五弾。

●好評既刊
関東郡代 記録に止《とど》めず
家康の遺策
上田秀人

神君が隠匿した莫大な遺産。それを護る関東郡代が幕府の重鎮・田沼意次と、武と智を尽くした暗闘を繰り広げる。やがて迎えた対決の時、死してなお世を揺るがす家康の策略が明らかになる！

●好評既刊
居酒屋お夏
岡本さとる

料理は美味いが、毒舌で煙たがられている名物女将・お夏。実は彼女には妖艶な美女に変貌し、夜の街に情けの花を咲かす別の顔があった。孤独を抱えた人々とお夏との交流が胸に響く人情小説。

●好評既刊
居酒屋お夏 二
春呼ぶどんぶり
岡本さとる

お夏が営む居酒屋の常連である貧乏浪人の亀井親子の前に、家を捨てた女房・おせいが現れた。息子を強引に取り戻そうとするおせいを怪しんだお夏が、料理人の清次と共に突きとめた姦計とは？

●好評既刊
居酒屋お夏 三　つまみ食い
岡本さとる

居酒屋の名物女将・お夏の許に、思わぬ報せが届く。二十年前お夏の母を無礼討ちにした才次が、名を変えて船宿の主になっているという。お夏は仇を討つため、策を巡らした大勝負に挑む。

幻冬舎時代小説文庫

●好評既刊
居酒屋お夏　四　大根足
岡本さとる
悲願の仇討ちが、新たな波乱の幕を上げる――。人情居酒屋の毒舌女将・お夏に忍び寄る黒い影。このままでは江戸に血の雨が降る。お夏は止められるか？　大人気人情居酒屋シリーズ第四弾。

●好評既刊
居酒屋お夏　五　縁むすび
岡本さとる
ある女に呼び止められたお夏は、突如殺しを依頼される。馬鹿な願いと一蹴したが、その女が続けて口にした名前に胸騒ぎを覚え……。願えば願うほど安息の日々は遠ざかるのか？　波乱の第五弾。

●好評既刊
居酒屋お夏　六　きつねの嫁
岡本さとる
お夏の居酒屋で静かに油揚げを食べる男が抱いた、ある女への慕情。共に過去に縛られながら生きる男と女の奥ゆかしさに、毒舌女将・お夏が一肌脱ぐ！　読めば心が洗われる人気シリーズ第六弾。

●好評既刊
居酒屋お夏　七　朝の蜆
岡本さとる
お夏が十七年ぶりに再会した男は元泥棒だった。苦境から救い出してくれた恩人が窮地に立たされた時、男は一度だけ泥棒に戻る決意を固めるのだが……。心に優しい風が吹く人気シリーズ第七弾。

●好評既刊
サムライ・ダイアリー
鸚鵡籠中記異聞
天野純希
元禄の世、尾張の御畳奉行・朝日文左衛門は、風俗、文化、世情などを事細かに記した日記『鸚鵡籠中記』を執筆した。しかし実はもうひとつ、私事を綴った「秘本」が残されていて――。

妾屋《めかけや》の四季《しき》

上田秀人《うえだひでと》

平成30年3月15日　初版発行

発行人――石原正康
編集人――袖山満一子
発行所――株式会社幻冬舎
〒151-0051東京都渋谷区千駄ヶ谷4-9-7
電話　03(5411)6222(営業)
　　　03(5411)6211(編集)
　　振替00120-8-767643
印刷・製本―中央精版印刷株式会社
装丁者――高橋雅之

幻冬舎時代小説文庫

ISBN978-4-344-42712-9　C0193　う-8-16